Patricia Schröder, 1960 geboren, lebt mit ihrer Familie in Schleswig-Holstein. Sie hat Produktdesign studiert und arbeitet heute als freie Autorin und Feng-Shui-Beraterin und leitet Meditationsseminare. Sie hat bereits mehrere Kinder- und Jugendromane veröffentlicht. Ihre Adresse im Internet: *www.patricia-schroeder.de.*
Im Taschenbuchprogramm der Fischer Schatzinsel sind von Patricia Schröder außerdem das Kinderbuch »Der hundsgemeine Hasenklau« (Bd. 80428) sowie in der Reihe »generation« der Roman »Scheiß Glatze, ich lieb dich« (Bd. 80417) erschienen. Weitere Titel sind in Vorbereitung.

Unsere Adresse im Internet: www.fischer-tb.de

Patricia Schröder

Gyde und die Flut

Fischer Schatzinsel

Fischer Schatzinsel
Herausgegeben von Eva Kutter

Für Tanja

Veröffentlicht im Fischer Taschenbuch Verlag,
einem Unternehmen der S. Fischer Verlag GmbH,
Frankfurt am Main, Februar 2003

Umschlaggestaltung: Buchholz/Hinsch/Hensinger
Foto: Photodisc
Satz: Pinkuin Satz und Datentechnik, Berlin
Druck und Bindung: Clausen & Bosse, Leck
Printed in Germany
ISBN 3-596-85116-5

Gyde und die Flut

1

Gyde tritt durch die Pforten des königlichen Palastes nach draußen und schreitet den Weg zwischen den Rosen entlang.

»Moin, Gydchen«, ruft Deert-Owe, stützt seine schwielige Hand auf dem Besenstiel ab und schiebt sich die olle Filzmütze in den Nacken. »Die müssen aber auch mal wieder gegossen werden.«

Alter Klugscheißer, denkt Gyde, zieht sich ihren Umhang aus rauem Frotteestoff enger um die Schultern, springt über den niedrigen Stacheldrahtzaun und rennt den Deich hinauf. Wenn sie sich nicht beeilt, wird sie heute noch den Schulbus verpassen.

Das Wasser liegt weit zurück, die Flut kommt spät, und Gyde muss weit auf den Sandstrand hinauslaufen, um baden zu können. Unterwegs lässt sie den Umhang fallen und setzt sich einige Zentimeter vor dem Meeressaum in den Sand. Das Wasser kommt und umspült weich ihre Zehenspitzen, mit der nächsten Welle die Fußnägel, dann die Ballen und schließlich ihre Fersen.

Gyde bleibt so lange, bis es ihr bis zum Hals geht. Die ganze Zeit über hält sie ihre Augen geschlossen und genießt seine sanften Bewegungen, so wie sie es jeden Morgen macht. Wenn es irgendwie geht.

Als das Meer ihr Kinn berührt, springt Gyde auf und rennt mit der weiter auflandenden Flut zum Deich zurück. Das Handtuch ist nass geworden, und Gyde zieht es hinter sich her durch den Sand, die trockenen Schafsküttel, den Stacheldrahtzaun, über die Straße bis ins Haus.

Dort schmeißt sie es zusammen mit ein paar anderen Sachen in die Waschmaschine und stellt das 60°-Buntwäsche-Programm ohne Vorwäsche ein. Sie schaut auf die Uhr. Noch knapp zwanzig Minuten. Hastig duscht sie sich das Salz und den Sand von der Haut, dreht ihre nassen dunkelblonden Haare zu einem seitlichen Zopf zusammen und schlüpft in ihre Jeans und ein blaues T-Shirt.

In der Küche verdrückt sie zwei Bananen und ein Glas Milch und wirft anschließend noch einen kurzen Blick auf die schnarchende Königsmutter im Schlafzimmer, bevor sie zusammen mit ihren Schulsachen aufs Fahrrad springt und die schmale Straße bis zur Haltestelle hinunterstrampelt.

Der Bus braust heran, blinkt und bremst und öffnet die Fahrertür noch im Rollen. Hastig lehnt Gyde das Rad an den weiß getünchten Zaun des Eckhauses und springt auf die Trittbretter.

»Hallo, Fritz«, begrüßt sie den stämmigen Fahrer, der sie freundlich angrinst, und schiebt sich auf die erste freie Bank.

Mit den anderen Kindern im Bus redet sie kaum. Kann auch sein, dass es eigentlich umgekehrt ist, dass die alle nicht mit Gyde reden. Aber das spielt keine Rolle, weil ein paar Kilometer weiter ja noch Wencke einsteigen wird, neben der sie auch in der Klasse sitzt und die so etwas wie ihre beste Freundin ist.

»Ich habe die Hausaufgaben einfach vergessen«, sagt Gyde. »Es tut mir Leid.«

Frau Wendrich schlägt ihr dunkelblaues Notizbuch auf. »Es ist nun schon das vierte Mal.«

Gyde zuckt die Schultern. »Ich sag doch, dass es mir Leid tut.«

Die Mathelehrerin legt das blaue Lederbüchlein auf ihr Pult zurück und sieht alle Schüler der fünften Klasse der Reihe nach an.

»Für wen macht ihr eure Aufgaben eigentlich?«, fragt sie dann. »Für mich?«

»Klar, für wen sonst?«, erwidert Sven. »Wer macht denn den Ärger, wenn wir sie nicht haben?«

»Das ist doch nicht euer Ernst«, sagt Frau Wendrich.

»Nein«, erwidert Julia. »Natürlich nicht. Wir können's nur nicht mehr ertragen, dauernd zu hören, dass wir das alles nur für uns tun. 'n Scheiß ist das nämlich.«

»Was meinst du damit?«

»Dass ich Mathe nachher sowieso nicht brauche.«

»Was willst du denn später machen?«, fragt Frau Wendrich. »Beruflich, meine ich.«

»Arzthelferin«, sagt Julia. »Oder Krankengymnastin.«

Die Lehrerin nickt. »Und du, Gyde?«

»Ich weiß nicht. Vielleicht heirate ich einen Prinzen.«

Hauke lacht. »Wo willst du denn den auftreiben?«

»In England oder Norwegen zum Beispiel gibt es sie noch«, sagt Frau Wendrich.

»Aber die sind doch alle schon alt und schimmelig«, ruft Maike. »So einen wird Gyde doch nicht heiraten wollen.«

Frau Wendrich tockt ungeduldig mit ihrem Kugelschreiber aufs Lehrerpult. »Ich glaube, wir kommen allmählich vom Thema ab.«

Wencke stupst Gyde ihren Ellenbogen in die Seite und flüstert: »Mensch, wie kannst du denn so was sagen!?«

»Es sollte doch nur ein Witz sein«, sagt Gyde laut, und Frau Wendrich nickt.

»Sehr lustig«, meint Sven, und die meisten der Klasse lachen.

Die Lehrerin legt den Zeigefinger an ihre Lippen und wartet, bis das letzte Kichern verstummt ist.

»Gyde?«, fragt sie dann. »Magst du eine der Aufgaben der Hausarbeit an der Tafel rechnen? Dann sehe ich wenigstens, ob du es verstanden hast.«

Gyde steht auf und geht nach vorne.

»Welche denn?«

Frau Wendrich diktiert: »34+53–(111:3)+233–17=?«

Gyde rechnet zuerst die Klammer und danach den Rest, und zwar Schritt für Schritt, genau so, wie die Mathematiklehrerin es gern hat.

Am Schluss schreibt sie 206.

»Danke, Gyde.« Frau Wendrich lächelt.

»Aber das war doch einfach«, meint Bärbel.

»Die anderen kann ich auch«, sagt Gyde und geht auf ihren Platz zurück.

»Ich habe mich ein bisschen um eure Rosen gekümmert«, sagt Deert-Owe, als Gyde am frühen Nachmittag zurückgeradelt kommt.

Sie blinzelt in die Sonne und nickt. Eigentlich kann sie es nicht leiden, wenn er sich ungefragt einmischt, aber sie weiß auch, dass Deert-Owe es gut meint und sich sowieso nicht davon abhalten lässt.

»Heute Abend kommen übrigens Anna und Jochen wieder«, sagt er und lächelt.

Das weiß Gyde schon, weil Anna es ihr geschrieben hat. Und sie freut sich riesig, obwohl sie sich das nicht anmerken lässt.

»Ich habe nicht viel Zeit«, sagt sie.

»So, so.« Deert-Owe kratzt sich über die sonnenbraune Stirn. »Soll ich den beiden das ausrichten?«

»Nein, vielen Dank«, ruft Gyde. »Das mache ich schon selbst.«

Sie verschwindet im Haus und schaut in die Küche. Dann ins Wohnzimmer, ins Bad und zum Schluss in die Schlafgemächer.

Die königliche Mutter schläft immer noch. Sie liegt auf dem Rücken mit weit aufgerissenem Mund und schnarcht leise vor sich hin. Die Luft im Raum ist süß und schwer.

Gyde geht hinüber zum Fenster, öffnet einen der beiden Flügel und klemmt den Haken in die Öse, damit es der Wind nicht zuschlagen kann. Dann nimmt sie das Glas mit dem goldenen Schimmer am Boden vom Nachttisch, steckt es in die Spülmaschine und stellt ein neues sauberes zusammen mit einer Flasche Selters zurück. Wenn ihre Mutter in ein oder zwei Stunden aufwacht, würde sie Durst haben. So wie immer, wie jeden Nachmittag.

Gyde geht zurück in die Küche und fischt das Matheheft aus ihrem Rucksack, schlägt das dazugehörige Buch auf und beginnt zu rechnen. Ihr ist ein wenig schwindelig, und ihr Magen grummelt vor sich hin. Klar, heute Morgen hat sie keine Zeit mehr gehabt, sich noch ein Pausenbrot zu machen. Sie seufzt und schiebt die Schulsachen zur Seite.

In der Gefriertruhe ist nur noch Pizza, Lasagne und Hühnerfrikassee. Lauter Sachen, die ihr allmählich zum Hals heraushängen und außerdem auch viel zu lange dauern.

»Gyde!«, ruft jemand.

Es ist eine Frauenstimme. Aber die Mutter kann es nicht sein. Die schreit nicht so laut. Weil sie höllische Kopfschmerzen hat, wenn sie aufwacht.

»Gyde, bist du da?«

Natürlich! Es ist Rieke. Aber wieso klingelt die nicht? Gyde rennt zur Tür und reißt sie auf. Rieke steht da mit einem riesigen Karton.

»Ich bringe euch eure Sachen.«

»Wieso nicht Deert-Owe?«, fragt Gyde. »Wieso schleppst du dich so ab?« Sie lässt Frau Larssen mit dem Karton vorbei in die Küche.

»Der ist am Deich. Und ich wollte nicht, dass die Sachen auftauen.«

Zusammen räumen sie die Gefrierkiste und den Kühlschrank voll. »Eigentlich hast du ja noch genug«, sagt Rieke.

»Ja, und schon wieder so viel Pizza und Lasagne«, seufzt Gyde.

»Tut mir Leid, Kind. Aber ich denke immer nur, dass du es einfach haben sollst. Und eine Zeit lang hast du Lasagne verschlungen wie nichts.«

»Jetzt steht sie mir bis hier.«

Gyde hält ihre Hand hoch über ihren Kopf.

»Weißt du was?«, sagt Rieke Larssen. »Warum isst du nicht mit uns?«

»Und Mutti?«

»Ist sie denn schon wach?«

Gyde schüttelt den Kopf.

Frau Larssen legt eine Hand um den Nacken des Mädchens und zieht sie ein wenig zu sich heran. »Überleg's dir. In einer halben Stunde gibt es bei uns Schollenfilets mit Kartoffeln und grünem Salat.«

Gydes Magen kann sich kaum noch beherrschen. Er

fängt an zu blubbern und zu gurgeln, so als wolle er schon die Wörter, die diese wunderbare Mahlzeit beschrieben, verdauen.

»Ich bleibe lieber bei Mutti«, sagt Gyde. »Wenn sie wach wird und ich nicht da bin ...«

Rieke Larssen nickt. »Soll ich Anna und Jochen nachher rüberschicken?«

»Ich muss noch meine Aufgaben machen und die Wäsche aufhängen, ein bisschen aufräumen ...«

Sie könnten dir helfen, denkt Frau Larssen, aber sie weiß, dass Gyde niemanden hereinlassen würde. Schon gar nicht Anna und Jochen oder eines der anderen Kinder, die Jahr für Jahr mit ihren Eltern hier ihren Urlaub verbringen.

»Ja, Deert-Owe hat mir schon gesagt, dass du wenig Zeit hast.«

Sie nickt dem Mädchen noch einmal zu und ruft: »Dann bis morgen!«, als sie schon draußen zwischen den Rosen steht.

Gyde geht in die Küche zurück, schaltet den Backofen ein und greift sich mit geschlossenen Augen eine Schachtel aus der Gefriertruhe.

Lasagne. Na, gut. Sie reißt die Verpackung herunter und schiebt das Fertiggericht in den Ofen. Okay. Bis es gar ist, könnte sie schon mal die Wäsche aufhängen.

An die Hausaufgaben denkt Gyde nicht mehr, als sie am Abend noch einmal auf den Deich flitzt. Der Himmel ist klar und frisch und die Sonne schon leicht gerötet. Sie kneift die Augen ein wenig zusammen und sieht von oben auf das Meer hinunter. Das Wasser ist fast ganz vorne. Aber es sind nur noch wenig Leute da. Gyde ist beinahe genauso einsam wie am Morgen.

Auf der schmalen frisch geteerten Straße am Deichsaum fährt ein Fahrradfahrer vorbei, und etwa fünfzig Meter weiter links lässt ein kleiner Junge einen Lenkdrachen steigen. Er gehört zu Riekes Feriengästen, die nun schon fast zwei Wochen da sind.

Gyde hebt eine Hand und winkt ihm hoheitsvoll zu. Aber er beachtet sie nicht, was sie wiederum nicht stört. Eine Prinzessin liebt ihr Volk, ganz egal, ob es diese Gefühle erwidert oder nicht. Mit erhobenem Haupt stolziert sie den Deich hinunter und schreitet mit ausgestreckten Zehen und kleinen Schritten neben den aufgehäuften, teilweise mit Teer übergossenen kantigen Steinen, die den Weg säumen, entlang bis zur Treppe. Dort schlüpft sie aus ihren Sandalen, stellt sie ordentlich nebeneinander ab und legt ihre Hand sachte auf das kühle Metallgeländer.

Von dort sieht Gyde wieder aufs Wasser, beobachtet die Schiffe, die am Horizont entlangfahren, und wendet sich schließlich um. Der Fahrradfahrer ist verschwunden, und der kleine Junge gerade dabei, seine Drachenschnur zusammenzurollen. Bestimmt wird auch er gleich weg sein. Gyde wartet so lange, dann springt sie die Stufen hinunter und rennt ins Wasser.

Es ist beinahe windstill, was selten vorkommt, und Gyde schaut der allmählich tiefer sinkenden Sonne dabei zu, wie sie das Meer rot glitzernd einfärbt. Ein paar Quallen treiben heran in Richtung Ufer. Das Mädchen versucht sie dazu zu bringen, wieder zurückzuschwimmen.

»Wenn Ebbe kommt, seid ihr verloren«, sagt sie. »Dann liegt ihr flach und tot im Sand.«

Aber Quallen sind ziemlich uneinsichtig.

»Dann macht doch, was ihr wollt«, zischt Gyde. »Aber ich habe euch gewarnt.«

»Hey, Gyde!!«, schreit jemand vom Deich herüber.

Jochen! Und Anna!

»Hey!«, schreit Gyde zurück und winkt mit beiden Armen, so als stünde sie auf einem Schiff. »Kommt ins Wasser.«

»Nee, zu kalt!«, ruft Anna.

Diese Zimperliese, denkt Gyde. Aber sie freut sich trotzdem, dass sie da ist.

Die beiden Kinder kommen zum Strand heruntergelaufen.

»Iiih, deine Hose ist ja schon ganz nass«, sagt Anna, während Jochen sich auszieht.

»Hast du keine Badehose mit?«, fragt Gyde.

»Wieso? Ist doch keiner hier«, erwidert Jochen.

»Doch, ich«, sagt Gyde und kichert. Jochen ist ein halbes Jahr älter als sie und immer noch überhaupt nicht schamhaft.

Anna kichert ebenfalls.

»Du, Gyde, ich hab mich verknallt«, ruft sie.

»Verknallt? Wieso das denn?« Gyde rennt zum Strand zurück auf Anna zu. »In wen denn?«

Annas Backen werden so rot wie die Edelrosen in Gydes Vorgarten. »Er heißt Bruno.«

»Bruno?«

Davon abgesehen, dass Gyde sich sowieso niemals verlieben würde, außer vielleicht in einen Prinzen, hätte jemand, der Bruno heißt, diesbezüglich überhaupt keine Chance.

»Ja«, sagt Anna und bekommt nun auch noch einen roten Hals, obwohl der bei einer Rose eigentlich grün sein müsste. Gyde versucht sich Anna mit einem grünen Hals vorzustellen und einem Jungen, der Bruno heißt, an der Hand.

»Habt ihr euch schon geküsst?«, fragt sie.

»Bist du verrückt! Das trau ich mich nicht.«

Gyde lacht. Und Anna wird sauer.

»Aber du wohl, was?«

»Nee, ich verliebe mich nicht. Dann brauche ich auch keinen zu küssen. So einfach ist das.«

»So einfach ist das nicht«, erwidert Anna.

Die beiden Mädchen kraxeln die Steine hinauf und setzen sich an den Deich.

»Jochen soll mal nicht so weit gehen«, sagt Gyde. »Es wird schon dunkel.«

Anna nickt, springt auf und schreit: »Jochen!«

Der Junge schaut zu ihnen herüber, und seine Schwester fuchtelt mit ihren Armen in der Luft herum. »Komm zurück!«

»Nein!«, brüllt er. »Holt mich doch!« Dann dreht er sich um und stapft mit hohen Schritten weiter ins Meer raus.

»Also ich hol ihn nicht«, sagt Anna. »Ich bin doch nicht bekloppt.«

Gyde ist auch nicht bekloppt, aber sie weiß, wie schnell man die Orientierung verlieren kann, wenn es erst einmal dunkel geworden ist. Also streift sie sich ihr Kleid über den Kopf und rennt hinter Jochen her.

Der scheint sich einen mächtigen Spaß daraus zu machen und geht immer weiter und weiter, lässt sich nach einer Weile aber dann doch einholen.

»Warum machst du das?«

»Und warum redest du immer nur mit Anna?«

»Das stimmt doch gar nicht.«

Er schweigt. Und Gyde fröstelt.

»Du hast ja schon Titten«, sagt Jochen plötzlich und lacht. »Letztes Jahr hattest du sie noch nicht.«

Gyde verschränkt die Arme unter den Brustwarzen und schaut an sich herunter. Er hat Recht. Ihr ist es bisher nur noch nicht so aufgefallen.

»Hast du einen Freund?«

»Nee«, sagt Gyde. »Wozu?«

Er grinst blöd vor sich hin. »Dann küss mich doch.«

»Nee, wieso?«

»Um mir zu zeigen, dass du mich genauso gern hast wie Anna.«

»Ich küsse Anna auch nicht.«

»Die ist ja auch ein Mädchen.«

»Eben«, sagt Gyde. Allmählich ist es ihr zu doof. Soll er doch ersaufen, wenn er auf einmal so blöd sein muss. »Ich geh jetzt zurück. Du kannst ja inzwischen mit der Qualle da hinter dir knutschen.«

Sie deutet mit ihrem Zeigefinger auf ein weißlich durchsichtiges Ding. Jochen fährt herum und stößt einen Schrei aus.

Aber das ist doch nur eine Plastiktüte, denkt Gyde und kichert still in sich hinein, während Jochen mit Riesenschritten zurück zum Strand hinüberstakst.

Die königliche Mutter thront in ihrem Himmelbett und hält sich den Kopf.

»Kannst du bitte die Vorhänge schließen«, sagt sie zu Gyde, kaum dass die ihre Nase ins Zimmer gesteckt hat.

»Aber der Tag ist doch so schön.«

Die Mutter seufzt leise.

»Hast du Hunger? Soll ich dir was bringen?«, fragt Gyde und schiebt sich auf die Bettkante.

»Nein, nein.«

Die Mutter hält sich einen Arm vor die Augen und stöhnt weiter.

Ach ja, die Vorhänge!

Gyde springt wieder auf und zieht an den dunkelbraunen Gardinen. Im Zimmer wird es dämmrig, und vom Bett zwängt sich der gefürchtete Satz in ihre Ohren.

»Ich habe nur Durst, meine Süße. Nur Durst.«

Gyde nickt und schraubt den Verschluss der Seltersflasche herunter.

»Aber Kind!«, sagt die königliche Mutter.

Sie sieht ihre Tochter aus rot unterlaufenen Augen an.

Natürlich, eine wirkliche Königin trinkt etwas Edleres. Gyde öffnet den Kleiderschrank, hebt sich auf ihre Zehen und angelt eine der rauen grünen Glasflaschen aus dem obersten Fach herunter. Sie pult das schwarze Aluminiumpapier ab und zieht den kurzen Korkstöpsel heraus.

Sofort steigt ihr der scharfe Geruch bis in die Stirnhöhle hinauf. Die königliche Mutter streckt ihre Hand aus.

»Gib schon her.«

Aber Gyde schüttelt den Kopf. »Ich hole noch ein sauberes Glas aus der Spülmaschine.«

Sie nimmt die Flasche mit und spürt an der Hitze auf ihrem Rücken, dass die Mutter sie nicht aus den Augen lässt.

In der Küche schaut sie den Vitrinenschrank komplett durch. Sie lässt sich Zeit, denn schließlich soll es das schönste Glas sein. Das allerschönste Glas, das sie findet, für dieses königliche Getränk.

»Gyde!«

Der Ruf klingt müde.

»Ich komme ja schon.«

Sie stellt einen der alten Kristallkelche, die noch aus Omas Erbe stammen, vorsichtig auf dem Nachttisch ab und schüttet ein wenig von der wertvollen goldenen Flüssigkeit hinein.

»Mach ganz voll. Ich habe Durst.«

Gyde nickt, setzt die Flasche neu an und merkt, dass ihre Hände anfangen zu zittern.

»Lass nur, ich mache das lieber selbst«, sagt ihre Mutter.

Sie lässt sich ein wenig nach vorne fallen und greift nach der Flasche. Dann lehnt sie sich in die hoch aufgetürmten Kissen, legt den Kopf zurück und setzt die Flasche an die eingerissenen Lippen.

2

»Es hat heut Morgen in der Zeitung gestanden«, sagt Wencke und rückt die Schultasche auf ihrem Schoß zurecht. »Ein Mädchen aus Schobüll. Meine Mutter sagt, sie hat sie gekannt.«

Gyde starrt an ihrer Freundin vorbei aus dem Fenster. »Und wie hat er sie umgebracht?«

»Erwürgt. Mit einem Tuch oder so was.« Wencke verzieht ihr Gesicht. »Während er es mit ihr gemacht hat.«

»Also haben sie ihn«, sagt Tina, die in der Bank vor ihnen sitzt und die ganze Zeit schon über die Rückenlehne schaut.

Wencke schüttelt den Kopf. »Nee.«

»Aber woher wollen die dann so genau wissen, wie es gewesen ist?«

»Keine Ahnung«, sagt Wencke.

»Ist schließlich auch egal, nicht?«, erwidert Gyde.

»Ach ja?«, faucht Tina. »Immerhin könntest du das ja auch gewesen sein.«

Gyde seufzt. »So hab ich das doch nicht gemeint.«

»Sondern?«

»Wenn du sowieso umgebracht wirst, dass es dann egal ist, ob dabei oder hinterher.«

Wencke nickt. »Finde ich auch.«

»Am besten wäre vorher«, sagt ein anderes Mädchen.

»Du spinnst ja!« Tina tippt sich an die Stirn. »Am besten, es passiert überhaupt nicht.«

Aber gestern Abend auf dem Heimweg von der Gitarrenstunde war es nun mal Sabina Elfert aus Schobüll passiert. Und jetzt war sie tot. Und niemand konnte sie fragen, wie es war oder wie es vielleicht weniger schlimm gewesen wäre.

»Jedenfalls verhören sie jetzt erst mal alle Männer aus dem Ort und der näheren Umgebung«, erklärt Wencke. »Wegen der Alibis.«

»Und wenn es gar keiner aus der Gegend war?«, wirft Tina ein.

Wencke zuckt ihre Schultern.

»Irgendwo müssen sie doch anfangen.«

Gyde starrt auf die Finger ihrer Freundin, die sich abwechselnd ineinander verschränken und dann wieder voneinander lösen. Sie tut so, als hörte sie den anderen zu, aber in Wirklichkeit ist sie mit ihren Gedanken längst wieder am Strand.

Heute Morgen hatte sie leider nicht mehr den Scheitelpunkt der Flut abwarten können, weil sie sonst den Bus verpasst hätte und mit dem Rad den langen Weg zur Schule hätte fahren müssen. Aber die Bretter über der Fahrrinne hatte sie ganz deutlich gesehen, wie sie langsam herantrieben. Bestimmt zwei bis drei Meter lang sind die gewesen. Ganz ideal also für ein Floß, das Gyde sich schon lange bauen will.

Und nun sitzt sie hier im Bus und hofft, dass die Kraft der auftreibenden Flut dazu gereicht hat, die Bretter bis in den feinen Sand des Strandes zu treiben und für sie bereitzulegen, während ihre Schulkameradinnen über diesen ekelhaften Mord in Schobüll sprechen, von dem Gyde gar nichts hören will.

Nach der Stunde ruft Frau Wendrich sie zu sich.

»Gyde, so geht das nicht weiter«, sagt sie und macht ihr berühmtes Monstergesicht.

»Ich kann es doch. Ich kann alles rechnen.«

»Ja, ich weiß, aber deine Hausaufgaben musst du trotzdem machen. Sonst ist es den anderen gegenüber ungerecht.«

Frau Wendrich seufzt und streicht sich den langen dunkelblonden Seitenpony aus der Stirn.

»Ich muss mich aber um meine Mutter kümmern«, stottert Gyde. »Sie ist nämlich krank.«

Frau Wendrich nickt und legt dem Mädchen eine Hand auf die Schulter. Sie kennt die privaten Probleme ihrer Schüler. Auch Gydes.

»Dein Vater ist wohl wieder zur See?«

»Ja. Er kommt erst in drei Wochen zurück.«

»Na, gut«, sagt sie. »Aber wenn du weiter ohne Hausaufgaben kommst, dann muss ich mit ihm sprechen.«

Gyde verzieht den Mund. In drei Wochen sind sowieso Ferien. »Okay. Kann ich jetzt gehen?«

Frau Wendrich nickt noch einmal. Gyde klemmt sich den Rucksack fest unter den Arm und geht auf die Klassenraumtür zu.

»Wenn du Hilfe brauchst, ich meine, du kannst jederzeit ...«

Frau Wendrich stockt. Eigentlich müsste man die ganze Angelegenheit dem Jugendamt melden.

»Es ist alles in Ordnung«, sagt Gyde, ohne sich umzudrehen. »Ich mache meine Aufgaben schon.«

Die Bretter liegen tatsächlich am Strand. Allerdings haben zwei andere Kinder sie bereits in Beschlag genommen.

»Das sind meine«, sagt Gyde und nimmt dem Jungen mit den vielen Sommersprossen im Gesicht das Brett, das er gerade über ein ausgehobenes Loch legen will, aus den Händen.

»Wer sagt das?«, fragt das dunkelhaarige Mädchen, das ein bisschen älter zu sein scheint.

»Ich«, erwidert Gyde.

Das Mädchen versucht, das Brett wieder zurückzubekommen.

»Hier gehört jedem alles, sagt unser Vater.«

»Aber ich wohne hier«, sagt Gyde. Und das hier ist mein Strand und meine Flut, und deshalb sind es meine Bretter, denkt sie.

»Streitet euch doch nicht«, brummt eine tiefe Stimme über ihnen. »Warum spielt ihr nicht einfach zusammen.«

Na, weil die viel zu klein für mich sind, denkt Gyde. Und weil die Bretter mir gehören. Sie sieht auf und blickt in die größere Ausgabe des kleinen Jungen.

»Ich will mir ein Floß bauen«, sagt sie.

»Au ja, toll!«, schreit der sommersprossige Junge.

»Och, nö. Du bist gemein.« Das Mädchen zieht einen Schmollmund und stampft mit dem Fuß auf. »Wir bauen lieber das Schloss fertig.«

»Das kannst du gar nicht bestimmen. Die Bretter gehören nämlich nicht dir!«, schreit der Junge.

Und außerdem habe ich schon ein Schloss, denkt Gyde. Und eine königliche Mutter.

Der sommersprossige Vater hat sich inzwischen wieder entfernt und ein paar Meter weiter vor einer blauen Strandmuschel niedergelassen.

»Papa ist ein Feigling«, sagt das Mädchen leise.

»Tröste dich. Meiner auch«, erwidert Gyde. »Und außerdem habe ich ein echtes Schloss.«

Das Mädchen sieht sie mit großen blauen Augen an. Und Gyde lächelt. »Wenn du mir bei dem Floß hilfst, dann zeig ich es dir.«

»Ist nichts mehr vom Mittagessen übrig?«

Die königliche Mutter sitzt mit aufgedunsenem Gesicht und verquollenen Augen in ihren prachtvollen seidenen Kimono eingehüllt am Küchentisch und hält sich den Kopf.

Gyde zuckt die Achseln. »Ich hatte heute keinen Appetit«, sagt sie. »Wir haben angefangen, ein Floß zu bauen.«

Die Mutter nickt.

»Wie dein Vater. Und irgendwann bist du auch weg.«

»Soll ich Pizza machen?«, fragt Gyde. Sie hat keine Lust, an ihren Vater zu denken. »Oder Lasagne? Hühnerfrikassee?«

Ihre Mutter verzieht die Mundwinkel und schüttelt sich. »Du weißt doch genau, dass ich dieses Zeug nicht ausstehen kann.«

Dabei hat sie es früher gut vertragen. Früher, als sie noch selber gekocht hat. Und nicht immer nur müde und durstig gewesen ist.

Gyde holt eine Portion Lasagne aus dem Gefrierfach und schiebt sie in die Mikrowelle.

»Wie geht es in der Schule?«, fragt die Mutter.

»Es geht.«

»Du bleibst doch nicht sitzen, oder?«

»Nein, nein.«

Diesmal nicht, denkt Gyde. Und wenn sie verhindern will, dass Frau Wendrich oder irgendein anderer Lehrer mit dem Vater oder der Mutter sprechen muss, dann wird sie auch in Zukunft nicht sitzen bleiben.

»Ich habe meine Aufgaben noch nicht fertig. Ein paar Matheaufgaben und für Geschichte was lesen.«

»Aber vorher holst du mir noch etwas zu trinken aus dem Schrank, ja.«

Mach es doch selbst, denkt Gyde und nickt.

»Ich glaube, es ist nicht mehr viel da.«

»Keine Sorge«, sagt das Mädchen. »Es ist noch genug.«

Mehr als eine Flasche am Tag brauchte die königliche Mutter nicht. Und da waren noch mindestens zehn oder zwölf im obersten Fach.

»Aber vielleicht solltest du auch einmal etwas anderes trinken.«

»Etwas anderes bekommt mir nicht.« Die Mutter sieht Gyde an. »Das weißt du doch, nicht, mein Kind, meine Süße, mein kleiner Schatz.«

Ihre Stimme fängt an weinerlich zu werden. Genau so, wie Gyde es nicht aushalten kann. Eine Königin weint nicht. Und deshalb soll sie auch bekommen, was sie will. Schließlich erteilt sie die Befehle.

Die Mutter sieht sich in der Küche um und lächelt süßlich. »Du machst das doch so wunderbar, mein Kind. Wenn ich dich nicht hätte …«

Sie legt die Hände über ihrer Brust zusammen und wackelt ein wenig mit dem Kopf wie eine alte Frau.

… dann wärst du vielleicht gar nicht mehr am Leben, denkt Gyde und erschrickt darüber, dass sie so etwas denkt.

Zum Glück summt die Mikrowellenuhr, und sie braucht nicht mehr darüber nachzudenken, sondern kann wieder etwas tun.

Sie geht hinüber zum Küchenschrank, öffnet eine der beiden Klapptüren und holt einen Teller heraus und aus der mittleren Schublade eine Gabel.

Dann öffnet sie die Mikrowelle, zieht an der Aluform und verbrennt sich fast die Finger dabei. Blitzschnell wirft sie die Form auf die Anrichte hinüber, nimmt einen Topflappen und teilt einen schmalen Streifen von der Lasagne ab, um ihn vorsichtig, ohne dass er auseinander fällt, auf den Teller zu heben. Doch als sie ihn auf den Tisch vor die königliche Mutter stellen will, liegt die schon da und schnarcht leise vor sich hin.

Die Luft ist mild, und es geht nur ein leichter Wind. Gyde rennt den Deich hinauf und atmet ein paar Mal tief ein und aus. Der Himmel ist bewölkt, und nur vereinzelt sind ein paar Sterne zu sehen.

Es ist Ebbe.

Gyde streift sich die Turnschuhe von den Füßen und rennt mit weit geöffneten Armen den Deich hinunter, überquert den geteerten Weg, klettert über die Steine und bleibt für eine kurze Zeit ganz still im Sand stehen.

»Zunächst werde ich schauen, wie weit die Arbeit am königlichen Floß vorangeschritten ist«, sagt sie leise zu sich selbst.

Sie zählt die Bretter nach. Sieben sind bereits zusammengeschnürt. Also vielleicht noch vier oder fünf, denkt sie, dann wird es groß genug sein. Und darunter eine Schicht Rundhölzer. Die muss sie sich aber auch erst noch zusammensuchen. Und viel mehr Schnur würde sie ebenfalls brauchen.

»Gute Arbeit, Leute«, sagt sie zu den königlichen Handwerksleuten. »Für heute könnt ihr Schluss machen.«

»Mit wem redest *du* denn?«, fragt eine Stimme hinter ihr.

Gyde fährt herum und starrt in das schmale weiße Gesicht eines hellhaarigen Jungen.

»Das geht dich nichts an.«

»Stimmt«, sagt er und betrachtet das Floß. »Hast du das etwa gebaut?«

Es hört sich merkwürdig an, wie er spricht.

Wieso nicht?, denkt Gyde wütend und sagt: »Natürlich nicht. Schließlich hat eine Prinzessin für so was ihre Leute.«

»Ist aber gar nicht übel«, sagt der Junge und fummelt fachmännisch an den Verbindungsstellen herum.

»Lass deine Finger davon!«, faucht Gyde.

»Also gehört es doch dir!?«

»Nee, aber ich weiß, wem.«

Der Junge nickt und vergräbt seine Hände in den Taschen seiner etwas zu weit sitzenden Hose.

»Machst du hier Urlaub?«

»Nein, ich wohne hier.« Sie zögert. »Und du?«

Er zeigt auf den glitzernden Wasserstreifen am Horizont. »Ich wohne dahinter.«

Gyde tippt sich gegen die Stirn. »Quatsch!«

Der Junge lacht. »Du denkst wohl, dahinter ist die Welt zu Ende, was?!«

»Quatsch!«

Gyde schaut weg und überlegt, wie sie es am besten verhindert, dass sie sich noch weiter blamiert.

»Ich wohne in Norwegen«, erklärt der fremde Junge.

»Klar«, sagt Gyde, als hätte sie es längst gewusst. »Und bei wem seid ihr jetzt?«

»Bei Frau Krohde.«

Gyde nickt. Das Haus der alten Frau Krohde liegt direkt in der Kurve hinter einer hohen Eschenhecke. Manchmal muss Rieke bei ihr sauber machen, wenn die

Krohde es selber nicht mehr schafft mit der Ferienwohnung.

»Bist du zum ersten Mal hier?«

Der Junge schüttelt den Kopf, und eine der blonden Strähnen bleibt über seinem rechten Auge hängen. »Nein, aber sonst waren wir immer weiter unten. In Vollerwiek oder Büsum.«

»Ich wohne gleich hinter dem Deich. Mit meiner Mutter«, sagt Gyde.

Der Junge bückt sich, sammelt ein paar Muscheln in seine Hand, wirft sie nacheinander hoch und fängt sie wieder auf.

»Meine Mutter ist tot«, sagt er.

Gyde schweigt. Was soll sie auch sagen? Dass es ihr Leid tut? Sie hat seine Mutter doch nicht gekannt.

»Mein Vater ist nicht tot«, entgegnet sie schließlich. »Er ist Seemann.«

»Seemann?«

»Ja, auf einem Frachtschiff. Zweiter Offizier.«

Der Junge nickt. »Ich muss jetzt nach Hause.«

»Nach Hause? Fahrt ihr denn schon wieder heim?«

Er streicht sich die blonde Strähne aus dem Gesicht und lächelt kurz. »Nein, nein, ich meine natürlich Frau Krohde.«

Gyde nickt. Irgendwie ist sie froh, dass er noch nicht wieder nach Norwegen zurückmuss.

»Wie heißt du denn?«, ruft sie hinter ihm her, als er schon fast oben auf dem Deich ist.

Er wendet sich um und schaut sie an.

»David«, sagt er und ist eine Sekunde später hinter dem Deich verschwunden.

Frau Wendrich nickt, als Gyde ihre Matheaufgaben vorzeigt.

»Gut«, sagt sie, und: »Ich hoffe, das bleibt jetzt so.«

»Versprochen«, sagt Gyde leise.

In der Zehnuhrpause sitzt sie mit Wencke auf der Wiese vom Sportplatz und beißt in eine Birne.

»Sie haben schon wieder eine gefunden«, sagt Wencke.

Gyde versteht nicht.

»Was denn?«

»Na, 'ne Leiche.« Wencke schließt den Deckel ihrer Brotdose und beißt in ihr Käsebrötchen. »Diesmal ist sie aber nicht von hier.«

»Eine Urlauberin?«

»Ja. Die war mit ihren Eltern und ihrem kleinen Bruder auf Pellworm. Nur für drei Stunden. Weißt du, einfach auf so einem doofen Touristenausflug. Dann musste sie aufs Klo. Und weg war sie.«

Gyde schüttelt den Kopf.

»Was du so alles wissen willst.«

»Wenn du nicht Zeitung liest«, blafft Wencke zurück.

»Ich habe Wichtigeres zu tun.« Gyde zieht ihre Nase hoch. Außerdem hat sie wirklich keine Lust, über irgendwelche Mörder nachzudenken.

»Du hast ja kaum was gegessen«, sagt Rieke und zieht ihre Augenbrauen hoch.

»Ich habe keinen Hunger«, erwidert Gyde und weicht dem Blick der Nachbarin aus.

»Wann kommt dein Vater eigentlich?«

Gyde schaut auf den Kalender.

»Nächste Woche.« Sie erschrickt.

»Na, dann hast du ja schon Ferien«, sagt Rieke. »Wie wird denn dein Zeugnis sein?«

»Och, ganz okay.«

»Ich bin sicher, du könntest eine glänzende Schülerin sein …« Rieke Larssen stockt und sieht durch die offene Küchentür und den Flur auf die Schlafzimmertür. »Wenn es deiner Mutter besser ginge.«

Sie seufzt und zieht die Schultern an, als würde sie frösteln.

»Sie braucht wieder was zu trinken.«

Gyde guckt zu den Blumen auf der Fensterbank hinüber, als sie das sagt. Ein- oder zweimal im Monat muss sie das tun. Es ist für sie das Schrecklichste, das es gibt.

Rieke nickt und legt Gyde eine Hand auf die Schulter. »Iss was, ja? Wenigstens ein bisschen. Und nachher kommst du einfach rüber. Anna und Jochen warten schon.«

Anna und Jochen!, denkt Gyde. So ein Unsinn! Anna war ohnehin verliebt. Und Jochen, dieser Idiot! Der wollte sie wahrscheinlich nur wieder küssen.

Nee! Gyde schüttelt sich. Sie würde erst spätabends zum Strand gehen. Das angefangene Floß hatte sie gestern noch in Sicherheit gebracht. Bis in die Vogelschutzzone hatte sie es gezogen. Ohne dass es jemand gemerkt hatte. Und dort würde es so schnell kein sommersprossiger Junge finden.

Das Wasser kräuselt sich leicht, als es auf den Strand aufläuft. Inzwischen ist es fast windstill und der Himmel klar und hell.

Gyde schaut aufs Meer. Wenn sie jetzt zu ihrem Floß will, muss sie bis zu den Oberschenkeln durchs Wasser laufen. Oder einen riesen Umweg über die von unzähligen Prielen durchzogenen Schafsweiden machen, die nur selten von der Flut überschwemmt werden.

Draußen auf der letzten Lahnung entdeckt sie eine Gestalt. Sie sitzt dort, lässt die Beine ins Wasser hängen, und ihre blonden Haare schimmern im Mondlicht. Gyde denkt zuerst an Anna. Aber die darf so spät bestimmt nicht mehr raus. Und sich heimlich davonstehlen, das ist nicht ihre Art.

Früher, drei Sommer lang, ist Anna ihre beste Freundin gewesen. Und nun ist sie auf einmal verliebt. So wie die königliche Mutter es vor vielen Jahren auch gewesen ist. In einen einfachen Seemann.

Der allerhöchstens sechs-, siebenmal im Jahr da war.

Zuerst hat die Mutter ihn nur vermisst und sich gefreut wie Weihnachten, Ostern und Geburtstag zusammen, wenn er endlich wiedergekommen ist. Nach den Abschieden hat sie immer stundenlang seinem Schiff hinterhergeschaut. Auch dann noch, wenn es längst nicht mehr zu sehen gewesen ist.

Irgendwann, als Gyde acht oder neun war, hat die Mutter an einem solchen Tag gesagt:

»Und in zwei Wochen ist er in Rio de Janeiro, Brasilien. Dort freut sich irgendeine Rosita auf ihn. Und in Bangkok eine Liu Sieng. Sie alle haben keine Bedeutung. Sie lindern nur seine Sehnsucht nach mir.«

Das ist der Augenblick gewesen, in dem ihr unstillbarer Durst angefangen hat. Und deshalb würde Gyde sich niemals verlieben. Allerhöchstens in einen Prinzen.

David!, denkt sie auf einmal. Das muss David sein, da draußen. Sie lässt ihre Sandalen im Sand liegen und stakst durch das Wasser auf die Lahnung zu.

Dann fällt ihr ein, dass sie gar nicht weiß, was sie mit ihm reden soll. Vielleicht hat er Heimweh nach Norwegen, denkt sie, oder nach seiner Mutter, und ist viel lieber allein.

Gyde dreht sich langsam um und geht wieder zurück.

»Hey, Gyde!«, schreit David hinter ihr. »Warte doch!«

Sie zuckt zusammen und bleibt stehen.

»Woher weißt du, wie ich heiße?«, fragt sie, als er neben ihr angekommen ist.

»Von Frau Krohde.« Er grinst.

»Du hast sie gefragt ...?«

»Wie dein Name ist. Ja«, sagt David.

Sie laufen langsam nebeneinander her zum Strand zurück. Gyde hat merkwürdiges Herzklopfen. So wie vor drei Jahren, als sie Anna zum ersten Mal gesehen hat. Sie versucht sich genau zu erinnern.

Nein, mit Anna, das ist doch irgendwie anders gewesen.

»Warum bist du immer so spät noch hier draußen?«, fragt David, während er in seine Turnschuhe schlüpft.

»Deine Hose ist hinten ganz nass«, sagt Gyde.

»Ich weiß. Aber das ist keine Antwort.«

Gyde malt mit ihrem großen Zeh ein Herz in den Sand und wischt es sofort wieder aus, als sie es merkt.

»Weil hier dann keiner ist«, sagt sie leise.

»Ich bin aber da.«

Gyde nickt. »Das konnte ich nicht wissen.«

»Du wirst dich daran gewöhnen«, sagt David.

Ja, denkt Gyde, das würde sie bestimmt. Aber das war ihr Geheimnis, von dem sie nicht einmal Wencke oder Anna erzählen würde.

3

Die königliche Mutter wälzt sich im Schlaf hin und her. Gyde tapst auf Zehenspitzen um ihr Bett herum und stellt ein Glas Wasser und einen kleinen Teller mit einem zerschnittenen Apfel auf ihrem Nachtschränkchen ab. Vielleicht ist sie so unruhig, weil sie weiß, dass der Vater in ein paar Tagen kommen wird. Denn dann versucht sie immer, keinen Durst mehr zu haben, und schwitzt und zuckt und schreit im Schlaf, sodass Gyde kaum ein Auge zubekommt.

Leise geht das Mädchen in die Küche zurück und reißt das Kalenderblatt für morgen ab. Samstag. Das Wochenende und dann noch drei Tage.

Spätestens am Donnerstag gegen Mittag würde er hier sein mit seinen blöden Geschenken, die sie sowieso nicht will. Gyde lässt sich seufzend auf die Bank herunter und kramt ihr Matheheft aus dem Rucksack.

Da steht Rieke plötzlich in der Küchentür.

»Ab Montag fahre ich dich in die Schule«, sagt sie.

»Wieso?«, erwidert Gyde.

»Und wenn ich nicht kann, dann macht das Deert-Owe. Und nach den Sommerferien auch, wenn's sein muss.«

»Aber wieso denn?«

»Bis sie ihn haben, den Mörder«, sagt Rieke und kneift ihre Augen zusammen, so als wolle sie ihn eigenhändig umbringen.

»Der ist doch überhaupt nicht hier.«

Gyde lacht. Dass Rieke immer so ein Angsthase sein muss.

»Schobüll ist direkt hinter dem Damm. Ein paar Kilometer und er ist auf Nordstrand.«

Gyde überlegt, dass es vielleicht gar nicht so schlecht ist, einen Chauffeur zu haben. Das passt doch gut zu einer Prinzessin.

Sie reckt ihre sonnengebräunte Nase in die Höhe und befiehlt:

»Okay, Deert-Owe soll mich fahren.«

Als Annas rundes Gesicht am Küchenfenster erscheint, steckt Gyde gerade bis zu den Ellenbogen im Spülschaum.

Sie öffnet das Fenster auf Kipp und sagt: »Ich kann nicht.«

»Wieso macht das nicht deine Mutter?«

Blöde Frage! Weil sie es noch nie gemacht hat. Außer früher, als Gyde noch kleiner war und es ihr noch besser ging.

»Sie ist krank«, ruft Gyde nach draußen.

Anna wird ein Stück kleiner, und ihr Kinn verschwindet hinter der Fensterbank. Wahrscheinlich hat sie vorher auf Zehenspitzen gestanden.

»Kommst du dann nach?«, fragt sie.

»Zum Strand?«

Anna nickt.

»Ich muss noch die Wäsche machen. Und Hausaufgaben.«

Und alles nochmal putzen. Wischen und abstauben, bevor der Vater am Donnerstag kommt. Aber das kann Gyde auch nach dem Wochenende noch machen.

Anna steht immer noch ohne Kinn draußen am Fenster und schweigt.

»Ich habe angefangen, ein Floß zu bauen«, sagt Gyde, während sie einen Teller abwischt.

Anna zieht einen Flunsch. »Och«, sagt sie und guckt gelangweilt. Dann leuchten ihre Augen plötzlich auf. »Ich habe gestern jemanden kennen gelernt. Einen Jungen.«

»Und dein Freund?«

»Bruno?«

Jetzt nickt Gyde. »Ja, klar. In den bist du doch verknallt.«

»Ja, schon.«

Anna guckt beleidigt.

»Was kann ich denn dafür?«, sagt Gyde. Es ist doch wirklich nicht ihre Schuld, wenn alle um sie herum immer mehr als nur einen lieben.

Die beiden Mädchen sehen sich an.

»Ich komme, wenn ich fertig bin«, sagt Gyde schließlich.

»Okay.« Anna nickt, winkt ihrer Freundin hinter der Scheibe noch einmal zu, rennt dann quer durch den Garten an den Apfelbäumen vorbei und stapft den Deich hinauf.

Die Matheaufgaben fließen ihr zusammen mit den dazugehörigen Ergebnissen ganz einfach durch die Finger, doch mit dem Aufsatz tut Gyde sich schwer. Sie kaut auf der Kappe ihres Füllers herum und überlegt, wie sie ihr Lieblingstier, das sie gar nicht hat, beschreiben soll.

Ich mag keine Tiere steht da schon. Durchgestrichen, weil Herr Lummberg das sowieso nicht akzeptieren wird. Gyde spuckt die Kappe auf den Tisch und sieht ihr dabei zu, wie sie herunter bis auf den Boden kullert. Dann schreibt sie:

Die Qualle

Und denkt daran, dass Anna jetzt schon fast zwei Stunden am Strand auf sie wartet. Anna und dieser blöde Jochen, der im letzten Jahr noch ganz normal gewesen ist.

Gyde seufzt und setzt die Feder des Füllers in die zweitnächste Zeile.

Die Qualle lebt im Salzmeer. Sie ist weißlich und ein bisschen durchsichtig und wird von niemandem so richtig gemocht. Vielleicht, weil die meisten Leute denken, dass sie brennt. Aber das machen ja nur die Feuerquallen. Und deshalb ist sie sehr einsam.

Gyde stöhnt, klappt ihr Heft zusammen und beschließt, vor dem Zubettgehen noch ein paar Sätze dazu zu schreiben. Immerhin kann eine richtige Prinzessin selber entscheiden, wann sie etwas lernen muss und wann nicht. Sie schlüpft in ihren Badeanzug, zieht ein Handtuch aus dem Regal und schreitet zum Deich.

»Mein liebes Volk, ich komme«, flüstert sie, steigt bis zur Deichkrone empor und lässt ihren Blick über den Strand gleiten.

Richtig viele Leute sind inzwischen da. Na ja, schließlich ist der Juli halb herum und die meisten Bundesländer haben bereits Ferien. Gyde blinzelt und sucht weiter nach Anna.

Und dann entdeckt sie sie, auf einem großen leuchtend bunten Badelaken zwischen Jochen und einem anderen Jungen. Gyde kneift die Augen noch ein wenig fester zusammen. Nein, sie hat sich nicht verguckt.

Es ist David.

Einen kurzen Moment lang will sie umkehren, aber dann sagt sie sich, dass eine wirkliche Prinzessin nicht kneift, und geht langsam auf die Dreiergruppe zu.

Jochen entdeckt sie zuerst.

»Da ist ja endlich meine Herzallerliebste!«, ruft er, bekommt einen roten Kringel um die Nase und lacht.

»Na, da hast du aber Glück«, sagt David und mustert Gyde von oben bis unten. »Kennen wir uns nicht?«

Blöder Kerl, denkt Gyde. Der soll bloß nicht so tun, als sähe ich abends vollkommen anders aus als sonst.

»Natürlich, David.«

»Ach so«, mault Anna. »Dann ist das ja gar keine Überraschung mehr.«

»Ist doch egal, nicht«, meint Gyde und hockt sich neben sie.

»Hast du kein eigenes Handtuch mit?«, fragt Anna.

»Wieso? Ist doch Platz genug«, erwidert Gyde und stößt dabei aus Versehen ein bisschen an David.

»Eben nicht«, sagt Anna.

Jochen springt auf.

»Komm, Gyde, wir setzen uns auf deins.«

David nimmt eine Muschel aus dem Sand und macht kurz seinen Mund auf, sagt dann aber doch nichts, sondern spielt nur mit der Muschel herum.

Gyde lässt ihr Handtuch herunterfallen.

»Ich geh erst mal baden.« Und rennt über den sandigen Wattboden auf das Meer zu, das ihr in sanften Wellen entgegenkommt. Sie geht zügig, ohne sich ein einziges Mal umzudrehen, so lange, bis sie bis fast zur Brust im Wasser steht. Dann schwimmt sie los.

»Gyde! Warte!«

Es ist Annas Stimme.

Gyde denkt nicht dran. Soll Anna sie doch einholen.

»Ich muss dir was sagen!«

Dann red schon, denkt Gyde. Sag mir, dass es David ist, den du so toll findest. Meinetwegen.

»Es ist wegen Jochen!«, gurgelt Anna. »Jetzt warte endlich!«

Sie wird doch wohl nicht gerade absaufen?

Gyde macht eine Drehung und schaut in Annas blitzend blaue Augen.

»Der ist total in dich verknallt«, schnauft sie. »Nicht zum Aushalten. Redet immer nur von dir, und ich krieg kein Auge zu.«

»Und du?«, erwidert Gyde ungerührt. »In wen bist du verknallt?«

»In Bruno«, sagt Anna. »Aber vielleicht auch in David.« Sie kichert. »Er sieht doch supersüß aus, nicht? Und stell dir nur vor, er ist aus Norwegen.«

»Stell dir vor, das weiß ich schon.«

»Ehrlich?« Anna fasst Gyde am Arm. »Ich hoffe, du bist nicht auch in ihn verknallt.«

»Quatsch!«, ruft Gyde. Auf einmal ist sie rasend wütend auf Anna.

»Na ja, du kannst ja auch mit Jochen ...«, sagt die.

»Hör bloß auf. Der ist doch noch ein Baby!«, schreit Gyde.

»Nee.« Anna schüttelt ihre Glanzhaare. »Da vertust du dich aber. Ich glaube, der weiß genau, wie das geht.«

»Was meinst du damit?«

»Meine Güte! Mädchen ... Küssen und so.«

»Ja«, sagt Gyde. »Das hat er bei mir schon versucht. Gleich am ersten Abend.«

»Siehst du«, kichert Anna. »Ist doch toll. Bruno ist leider nicht so ein Draufgänger.«

»Wie schade«, murmelt Gyde, wendet sich ab und schwimmt mit langen schnellen Zügen zum Strand zurück.

Zum Aufräumen und Saubermachen hat sie am Abend nicht mehr viel Lust gehabt. Und während sie in der Küche gesessen und gebetet hat, dass die königliche Mutter endlich aufhören würde zu stöhnen und einschlief, hat Gyde auch den Aufsatz über die Qualle vergessen.

Um halb neun hat Rieke noch kurz hereingeschaut und gesagt, dass Deert-Owe Gydes Vater am Donnerstag vom Zug abholen würde.

Inzwischen ist es schon fast dunkel und Gyde wieder am Strand. Das Meer läuft gerade zur Flut auf und spült Treibholz, kleine Krebse und Plastikflaschen heran.

Mit dem Treibholz würden die Kinder am nächsten Tag Burgfestungen, kleine Stege oder ganze Brücken bauen. Von den Krebsen würde nur ein Bruchteil überleben, nämlich die, die zwischen den Steinen in den kleinen Vertiefungen, in denen auch bei Ebbe Wasserpfützen glitzern, hängen blieben.

Gyde schlüpft aus den Turnschuhen und geht am Strand entlang in Richtung Leuchtturm. Das Wasser ist sanft, freundlich und warm, so wie es immer ist, wenn nur ein leichter Wind geht.

Wie ein guter Freund, denkt Gyde, einer, auf den sie sich verlassen kann.

Ein Stück weiter rechts lässt eine Qualle sich herantreiben.

»Dummes Ding«, sagt Gyde und versucht sie ins Meer zurückzutreiben, indem sie mit ihren Händen Gegenwellen erzeugt.

»Wenn ich morgen wiederkomme, bist du nichts weiter als eine angetrocknete, ausgefranste Scheibe.«

Der Qualle scheint das nichts auszumachen, und Gyde gibt schließlich auf.

»Du musst es ja wissen«, sagt sie und geht noch ein Stück weiter auf den immer dunkler werdenden Horizont zu, bis sie bis zu den Knien im Wasser steht.

Diesmal ist kein Mensch am Strand. Nicht einmal David. Aber den will sie ohnehin nicht sehen, wenn Anna in ihn verknallt ist. Vielleicht ist er's umgekehrt ja auch. Was soll sie, Gyde, dann groß mit ihm reden? Ein Prinz ist er ja sowieso nicht. Nur ein ganz normaler Junge aus Norwegen.

Sie sieht zum Leuchtturm hinüber, der seinen Lichtkegel über das Meer und das Vorland kreisen lässt. Hinter ihm fängt das Vogelschutzgebiet an, und irgendwo da liegt auch ihr angefangenes Floß, das sie irgendwann fertig bauen will.

»Meer!«, ruft Gyde und breitet ihre Arme aus. »Bring mir noch ein paar Holzplanken. Für mein Floß. Und Kordel, Segelschnur oder so was brauche ich auch. In zwei Tagen habe ich Ferien. Da komme ich ganz früh zu dir und hole sie ab.«

Der Bus ist lange nicht so voll wie sonst, weil viele schon in den Ferien sind. Wencke zieht die *Husumer* aus ihrem Rucksack und schlägt sie auf.

»Schau mal«, sagt sie zu Gyde und zeigt auf eine Porträtzeichnung. »So sieht er aus.«

»Wer?«

»Na, der die Mädchen umgebracht hat.«

Gyde guckt kurz auf das Bild und sagt: »Quatsch! Woher wollen die das denn wissen?«

»Eine Frau hat ihn angeblich gesehen.«

»Na und?«

Gyde nimmt ihrer Freundin die Zeitung aus der Hand und sieht sich das Bild genauer an.

»Der sieht doch nett aus«, sagt sie.

»Aber das ist doch der Trick«, erwidert Wencke.

»Nix Trick«, mischt sich eines der älteren Mädchen ein. »Mörder sehen nun mal nicht aus wie Mörder.«

»Wie denn sonst?«, fragt Wencke.

»Nett. Fies. Dick. Dünn. Schön. Hässlich. Wie alle eben.«

»Aber gut wär's, wenn man sie irgendwie erkennen könnte«, meint Wencke.

Tina nickt.

»Man müsste sie kennzeichnen. Jedenfalls die, die schon mal deswegen im Gefängnis gesessen haben.«

Wencke zieht ihre Augenbrauen zusammen.

»Wie denn das?«

»Na, vielleicht ...« Tina kaut auf ihrer Unterlippe herum und überlegt. »Vielleicht mit einem eintätowierten Ausrufezeichen auf der Stirn.«

»Und wenn er 'n langen Pony hat? Oder sich einen wachsen lässt?«

»Dann eben auf der Nase.«

Das ältere Mädchen schüttelt den Kopf. »Nee, das hatten wir schon mal. Im Dritten Reich. Mit dem Judenstern. Das dürfen wir nicht wieder machen. Dann können solche Männer nie wieder auf die Straße. Die werden doch gleich an der nächsten Ecke gelyncht.«

»Na und«, sagt Wencke. »Wenn so einer mich vergewaltigt und umbringt, würde mein Vater ihn auch erschießen.«

»Meiner wäre zu feige dazu, glaube ich«, meint Tina und macht einen Schmollmund.

»Also ihr seid vielleicht drauf«, sagt das Mädchen und lehnt sich in seine Sitzbank zurück.

»Lass dich doch erst mal umbringen«, faucht Tina. »Dann denkst du darüber bestimmt anders.«

»Das kann ich dann ja wohl nicht mehr«, erwidert das Mädchen, verschränkt die Arme über seiner blauen Jacke und grinst.

»Woher willst du das wissen?«, fragt Gyde, während sie weiter aus dem Fenster sieht. »Vielleicht kann man auch etwas denken, wenn man ein Engel ist.«

»Ein Engel?« Das Mädchen lacht. »Du spinnst ja.«

»So ist sie eben«, sagt Wencke. »Sie will sogar einen Prinzen heiraten.«

Wencke und Tina lachen ebenfalls. Gyde stupst ihrer Freundin den Ellenbogen in die Seite und blitzt sie mit zusammengekniffenen Augen an.

Wencke wird rot und guckt angestrengt in die andere Richtung.

Den ganzen Rest der Fahrt und auch später in der Schule reden die beiden kein Wort mehr miteinander.

Gyde liegt im Bett unter der frisch bezogenen Rosenmusterbettdecke und lässt ihren Blick langsam durch ihr Zimmer wandern.

Alle Möbel sind blitzneu, bis auf die Deckenlampe, die aussieht wie ein Heißluftballon. Von der wollte sie sich noch nicht trennen, beim letzten Besuch vom Vater, als er gemeint hatte, dass sie für ihre Kindermöbel inzwischen zu alt geworden sei, und ihr kurzerhand die neue Einrichtung gekauft hatte.

Der Kleiderschrank, die Regalwand und das Bett sind

schlicht und gerade und allesamt aus dem gleichen hellen Holz. Das Regal ist fast leer, bis auf ein paar Bücher auf dem zweitobersten Brett, die Gyde sowieso nicht lesen wird. Geschichten über andere interessierten sie nicht. Genauso wie es sie auch nicht kümmerte, was Wencke so den Tag über machte, wenn die Schule vorbei und der Bus ohne sie weitergefahren war. Oder wie Anna und Jochen lebten, wenn sie wieder daheim in Augsburg waren.

Gydes Augen bleiben an ihrem Schreibtisch hängen, der wirklich etwas Besonderes ist. Sie steigt aus dem Bett, setzt sich vor das schnörkelige Eisengestell und lässt ihre Handflächen über die kühle weiße Mamorplatte gleiten, die wie immer sorgfältig leer geräumt ist.

Dann lässt sie sich in die weichen Kissen des Korbsessels zurückfallen, faltet die Hände über ihrem Bauch zusammen und schaut dem Mond in sein halbes Gesicht.

Ob David wohl gerade draußen am Strand herumläuft? Sie selbst ist schon lange nicht mehr in der Nacht bis ans Meer hinausgegangen. Auch heute würde sie das nicht tun. Nicht, solange Anna etwas von David wollte.

Im Haus schlägt eine Tür. Gyde lehnt ihren Kopf zurück und lauscht. Sie hört schlurfende Schritte im Flur und dann, wie jemand Wasser in die Wanne einlaufen lässt. Die königliche Mutter nahm also ein Bad. So wie sie es immer tat, einen Abend bevor der Vater von der See heimkam.

Gyde seufzt und kriecht fröstelnd in ihr Bett zurück.

Am nächsten Morgen, als Gyde aus ihrem Zimmer kommt, ist alles sauber aufgeräumt, gesaugt, abgestaubt, gewischt und gespült. Auf der Wäschespinne im

Garten flattern frisch gewaschene Handtücher, und in der Küche duftet es nach Kaffee und geröstetem Brot.

»Guten Morgen, mein Schatz!«, ruft die königliche Mutter ihr entgegen. »Ich glaube, heute ist ein besonderer Tag für uns.«

Sie ist in den gelben Bademantel eingehüllt, den der Vater ihr vor ein paar Monaten aus den Vereinigten Staaten mitgebracht hat. Auf dem Kopf trägt sie noch ihre Wickler.

Gyde grummelt vor sich hin, weil sie an diesen *besonderen* Tagen nie freundlich sein kann, und lässt sich auf den Stuhl fallen, den ihre Mutter extra für sie unter dem Tisch hervorgezogen hat.

Gyde bekommt einen feuchten Kuss auf die Wange, den sie sofort, als die Mutter sich dem Kühlschrank zuwendet, wieder wegwischt.

»Sind Jochen und Anna eigentlich schon da?«

Gyde nickt. Sie versucht, den süßen, schweren Parfümduft, der von ihrer Mutter ausgeht, nicht einzuatmen, und greift nach einem Toastbrot.

»Hoffentlich sind sie nicht schon kalt.« Die königliche Mutter lächelt und legt einen Camembert auf den Tisch. »Den magst du doch so gern.«

»Du hättest dir wirklich nicht so viel Mühe zu machen brauchen«, sagt Gyde.

»Na, hör mal, du bist schließlich meine Tochter.« Ihre Mutter schaut sie liebevoll an. »Alle Mütter tun das für ihre Kinder.«

Beim vorletzten Wort guckt sie schon wieder weg. Ihr Lächeln bekommt einen bitteren Zug, und ihr Blick wird abwesend. Gyde kann dabei zusehen, wie die dunkeln Ränder unter ihren Augen wieder hervortreten und ihre Schultern zusammensinken.

»Deert-Owe holt Papa nachher ab«, sagt sie schnell.

Die königliche Mutter richtet sich langsam wieder auf.

»Ja, ja«, erwidert sie. »Ich weiß, ich werde ihn begleiten.«

Sie geht zum Küchenschrank hinüber, öffnet eine der oberen Türen, reckt sich auf die Zehen und schiebt ein paar Vorratsdosen beiseite. Eine grüne Flasche kommt zum Vorschein, die sie ein wenig nach vorne zieht.

Gyde sieht, wie ihre frisch lackierten, leicht zitternden Fingernägel darübergleiten, und hält für einen Moment den Atem an. Die Mutter nimmt die Flasche an ihrem Hals heraus, entfernt den Korken, hebt ihren Arm, zögert und kippt schließlich die gesamte goldglänzende Flüssigkeit in den Abfluss.

4

»Ich bin die ganze Nacht draußen gewesen«, sagt Anna und malt ein Herz nach dem anderen in den Sand. »Erst so um halb fünf bin ich zurückgegangen. Aber meine Eltern haben nichts gemerkt.«

»Und Jochen?«, fragt Gyde.

»Der auch nicht. Der hat geratzt, sag ich dir.«

Anna lacht, und ihre hellblauen Augen blitzen in der Sonne.

Gyde schweigt und kratzt mit einer Stabmuschel Zickzacks durch Annas Herzen.

»He, was soll denn das?«, schreit die und springt auf ihre Füße. »Spinnst du neuerdings, oder was?!«

»An deinen Bruno denkst du wohl gar nicht«, sagt Gyde.

»Ach, an den kann ich auch noch denken, wenn ich wieder zu Hause bin.«

»So wie mein Vater! Der denkt auch nur an Mutti, wenn er bei ihr ist!«

»Na, und?«, schreit Anna. »Was kann ich denn dafür?«

Nichts, denkt Gyde und sieht zum Leuchtturm hinüber. Eigentlich müsste sie endlich ihr Floß weiterbauen.

»Du schreibst mir ja auch nie«, sagt Anna hinter ihr.

»Was hat das denn damit zu tun?«, erwidert Gyde, ohne sie anzusehen. »Wir sind doch kein Liebespaar.«

»Zum Glück.«

Gyde fährt herum, doch Anna hat ihr bereits den Rücken zugewendet und rennt auf David zu, der gerade über die Steine zum Strand hinunterklettert. Schnell schaut Gyde wieder weg.

Die Flut läuft allmählich auf, und die Stelle, an der sie das Floß verborgen hat, steht bereits unter Wasser.

Viel kann es aber noch nicht sein, denkt Gyde. Sie breitet ihre Arme aus und setzt behutsam einen Fuß vor den anderen, sodass bei jedem Schritt die Ferse des einen die Zehen des anderen berühren. Sie lauscht dabei nach hinten, ob Anna und David sie vielleicht rufen. Aber nichts.

Also rennt sie los, bis sie ihr Floß entdeckt, das inzwischen in einen der zahlreichen Priele abgetrieben worden ist und nun mit der Flut allmählich wieder landeinwärts gestupst wird. Gyde lässt sich ins Wasser gleiten und versucht, es zurück an eine seichtere Stelle zu bewegen.

»Sag mal, du willst wohl unbedingt ersaufen, was?!«, ertönt plötzlich Annas Stimme hinter ihr.

»Red keinen Blödsinn, hilf mir lieber«, sagt Gyde, ohne sich umzudrehen.

»Nee, danke, ich möchte noch ein bisschen weiterleben.«

»Bei auflandender Flut kann man in einem Priel nicht ersaufen«, erwidert Gyde und schiebt das Floß ächzend vor sich her.

David springt neben ihr ins Wasser.

»Warte, ich helfe dir.«

Gyde zuckt zusammen. Über sein Auftauchen erschrickt sie mehr als über Annas plötzliche Stimme in ihrem Rücken.

»Wo willst du es denn hin haben?«

»Bis zu der Lahnung da drüben.« Sie zeigt auf einen der dunklen Streifen in der Ferne. Streifen, die in Wahrheit kleine Zäune sind aus Rundhölzern, Reisig und hängen gebliebenem Meereskram und die die Menschen ins Watt setzen, um das vom Meer gewonnene Land zu festigen. »Dort kann ich es vielleicht anbinden.«

David nickt und lächelt und schiebt. Und Anna schreit immer noch, dass es viel zu gefährlich ist.

Kurz vor der Lahnung ist das Wasser so tief, dass sie den Boden nicht mehr erreichen.

»Nur noch ein Stück«, keucht David.

»Ja«, stöhnt Gyde. Sie spürt ihn neben sich an den Bewegungen des Wassers, und einmal verhaken sich beim Schwimmen sogar ihre Füße.

»Oh, Entschuldigung«, sagt David höflich, aber als Gyde kichert, lacht er auch.

Endlich sind sie da, und während Gyde das Floß hält, zieht David sich durch den rutschigen Schlick aus dem Priel. Er befestigt das Floß mit einer der lose herumtreibenden Schnüre an einem der Rundhölzer. Dann hilft er Gyde aus dem Priel.

»Wann willst du es denn fertig machen?«

»Weiß nicht. Ich muss noch mehr Holz zusammensuchen.«

»Alleine?«

Gyde zuckt mit den Schultern und schaut zu Anna und dann zum Strand hinüber. »Viel hat das Meer ja leider nicht mehr angeschwemmt.«

Obwohl sie extra darum gebeten hatte.

»Vielleicht reicht es. Wenn wir den ganzen Strand hinunterlaufen«, sagt David.

»Schon möglich.«

Er legt sachte eine Hand auf ihrer Schulter ab.

»Vielleicht heute Abend?«

Gyde kneift ihre Augen zusammen und schaut wieder zu Anna.

»Ja, vielleicht.«

An der Garderobe hängen zwei Lebkuchenherzen. Der Vater ist also da. Natürlich, es ist ja auch schon Nachmittag. Mit tief in die Ohren gesteckten Zeigefingern rennt Gyde in die Küche, damit sie die Geräusche hinter der geschlossenen Schlafzimmertür nicht mitbekommt. Dieses regelmäßige Knarzen des Bettes und das weinerliche Stöhnen der Mutter treiben ihr immer wieder eine Gänsehaut über den Rücken.

In der Küche schiebt sie zwei Portionen Hühnerfrikassee in die Mikrowelle und deckt den Tisch. Zwei Teller, drei Gläser, Servietten und Besteck. Die königliche Mutter würde wie immer am ersten Tag nichts mitessen.

Ab morgen dann würden sie ein Lokal nach dem anderen besuchen, so lange, bis der Vater wieder wegmusste.

Gyde fühlt sich unbehaglich, weil in der Küche alles aufgeräumt ist und sie nichts tun kann außer warten, bis das Hühnerfrikassee und die Eltern fertig sind. Sie schiebt sich in die Ecke der Küchenbank und drückt sich eines der rot karierten Kissen auf den Bauch, in dem sich ein zähes Gefühl breit macht. Wahrscheinlich würde sie gleich kaum etwas herunterbekommen und der Vater dauernd sagen, dass sie viel zu dünn sei.

Dann hört sie, wie der Schlüssel herumgedreht wird und die Schlafzimmertür sich öffnet. Die königliche Mutter rennt mit verklärtem Lächeln an der Küche vorbei und verschwindet im Bad.

»Ich mach mich nur schnell frisch.«

Der Vater poltert herein und breitet die Arme aus.

»Na, mein Goldstück! Sag deinem Vater guten Tag.«

»Mir ist nicht gut«, murmelt Gyde mit verdruckstem Lächeln und drückt das Kissen fester auf den Bauch.

»Ach, du musst nur mehr essen.«

Der Vater lacht und sein Bauch wackelt.

Früher hat Gyde das immer lustig gefunden. Bis ihr Mama die Geschichte von Rosita erzählt hat und Gyde sich vorstellen musste, wie Vaters Bauch in vielen verschiedenen Zimmern auf der Welt wackelte.

Dann weht die Mutter herein in einem viel zu engen blauen Kleid, unter dem sich die viel zu fett gewordenen Hüften abzeichnen. Sie öffnet die Mikrowelle und verteilt das Frikassee auf den beiden Tellern, während der Vater sich mit seinem Bauch dicht neben Gyde quetscht und sie an sich drückt.

»Mein Kind, wie hab ich dich vermisst.«

Die königliche Mutter lächelt. Und der Vater sagt: »Wie sehr habt ihr beide mir gefehlt.«

»Dann bleib doch bei uns«, sagt Gyde leise.

Der Vater lacht. »Wie stellst du dir das vor?« Er schüttelt den Kopf und taucht seine Gabel tief in das Frikassee. »Nein, nein, Goldstück, das Meer ist nun mal unser Brot.«

Obwohl am frühen Abend ein kräftiger Wind aufgekommen ist, ist die Luft immer noch lau. Gyde zieht den Reißverschluss des Anoraks bis zum Hals hinauf und kämpft sich mit bloßen Füßen gegen den Wind den Deich hinauf.

David ist bereits da.

»Hey«, sagt er und lächelt. »Ganz schön stürmisch, was?«

Sie hören das Meer in der Ferne rauschen und laufen

mit aufgekrempelten Jeans dicht beieinander durch den feuchten Sand.

»In drei Stunden ist wieder Höchststand«, sagt Gyde.

»Also Zeit genug«, erwidert David. »Und vielleicht schafft das Meer uns ja noch was Passendes herbei.«

Sie nickt.

»Warum hast du Anna eigentlich nicht mitgebracht?«

David bleibt stehen und schaut sie an. »Wieso? War doch nicht abgesprochen.«

»Ja«, sagt Gyde. »Stimmt.«

Sie holt einmal tief Luft, bevor sie weitergeht, und in ihrem Bauch spürt sie ein leichtes Kribbeln.

»Es ist sowieso nichts für sie«, sagt David. »Floßbauen. Anna ist nett. Aber sie ist eben auch ein richtiges Mädchen.«

Sie laufen eine Weile schweigend nebeneinander her und suchen mit ihren Augen den Strand ab. Gyde findet ein altes Netz. Zur Not kann man es vielleicht auseinander knoten und die einzelnen Strickfäden zum Zusammenbinden der Bretter verwenden.

»Ich glaube, da hinten liegen ein paar Rundhölzer«, ruft David. Sie rennen los und es klatscht, wenn ihre nackten Fußsohlen auf dem nassen Sand aufkommen.

»Gut«, schnauft Gyde, als sie ihren Fund betrachten. »Die können wir alle gebrauchen.«

»Aber wir können sie unmöglich bis zur Lahnung schleppen. Da ist bestimmt schon wieder Wasser«, sagt David.

»Wieso? Wir können doch schwimmen«, erwidert Gyde, beißt sich dann aber auf die Unterlippe, weil ihr einfällt, dass sie gar keinen Badeanzug anhat.

»Ohne mich. Zu kalt.«

»Und was machen wir jetzt?«

»Wir hätten das Floß zuerst holen sollen, als das Meer noch weiter zurück war«, murmelt David und sieht hinüber zur Lahnung, an der sie es am Vormittag festgebunden haben.

»Astrein«, knurrt Gyde ihn an. »Dann müssen wir morgen aber früh aufstehen, sonst sind diese Hölzer hier längst in eine Burg eingebaut.«

»Klar.« David grinst. »Oder wir übernachten gleich hier.«

Meinte er das etwa ernst?

»Ich denke, dir ist kalt.«

»Wieso, wenn wir ein geschütztes Plätzchen finden?«, entgegnet er. »Jedenfalls wären wir morgen dann die Ersten.«

Gyde nickt und sieht sich um.

»Du bist nicht zufällig dick Freund mit einem dieser Pelztiere?«, fragt David, deutet auf die Schafe, die am Deich liegen, und grinst sie verschmitzt an.

Gyde lacht. »Nee, aber wir können es ja mal versuchen.«

»Im Ernst?«

»Pst!«

Sie legt einen Zeigfinger auf den Mund und schleicht die sanft ansteigende Deichseite hinauf auf die Tiere zu. Eines fängt an zu blöken, manche zögern noch, aber die meisten stehen auf und rennen davon.

»Ich tu euch doch nichts«, flüstert Gyde.

Ein einziges Schaf liegt immer noch und schaut ihr entgegen. Als sie sich ihm bis auf wenige Schritte genähert hat, springt es auf die Beine.

»Bleib stehen, bitte.«

Noch zwei Schritte, noch einer. Das Schaf will fliehen, aber Gyde hält es am Fell fest.

»Komm, komm, ich will dich nur streicheln.«

Sie tastet sich nach vorne und beginnt, es am Hals zu kraulen.

»Hey, das hab ich ja noch nie erlebt«, sagt David leise, hockt sich neben Gyde und knetet das dicke filzige Fell.

»Wahrscheinlich ist es mal ein Handlamm gewesen, für die Touristen zum Streicheln.«

David nickt. »Jetzt muss es sich nur noch wieder hinlegen.« Er grinst. »Ich setz mich einfach mal drauf.«

»Bist du verrückt! Ein Schaf ist doch kein Esel.«

»Na und!?«

Er hebt ein Bein in die Luft.

Im selben Augenblick lässt Gyde das Schaf los und gibt ihm einen Klaps, sodass es davonrennt.

»Spielverderberin!«, sagt David.

»Tierquäler«, erwidert Gyde. »Lass mich bloß in Ruhe.«

Sie läuft zum Strand hinunter.

»Warte!«, hört sie David schreien.

Soll er doch zu Anna gehen, denkt sie wütend. Warum müssen Jungen nur immer alles so haben wollen, wie es nun mal nicht geht!

Sie will zurück über die Steine. Aber David holt auf. Sie stolpert, fällt in den Sand und spürt, wie der Boden unter seinen Schritten vibriert. Einen Sekundenbruchteil später umschließen seine Hände ihre Oberarme.

»Es war doch nicht ernst gemeint«, flüstert er an ihrem Ohr, sodass sie von seinem Atem eine Gänsehaut bekommt. »Ich mag Tiere. Ich quäle sie nicht.«

Es klingt ehrlich. Gyde wendet sich um, und ihre Nase berührt die von David. Ihr Herz macht einen Hopser, und sie reißt ihren Kopf zurück.

»Was ist denn?«, fragt David. Es hört sich so an, als hätte er ein Stück Holz im Hals. Dann drückt er seinen Mund auf ihren. Es fühlt sich komisch an, und Gyde denkt, dass er das mit Anna bestimmt auch schon gemacht hat.

»Was ist denn?«, fragt er noch einmal. »Ich hatte so ein Gefühl, du magst mich.«

Dann lässt er sie los.

»Tu ich auch«, flüstert Gyde und schluckt.

David sieht sie an und nickt. Dann dreht er sich weg, hebt eine Hand an die Stirn, so als müsse er gegen die Sonne blinzeln, und sieht zum Horizont.

»Wohin willst du denn eigentlich mit dem Floß?«

»Ich weiß nicht.«

»Okay«, sagt er und springt wieder auf seine Füße. »Ich bin morgen früh zwischen sechs und halb sieben wieder hier.«

»Seit wann läuft der hier denn schon rum?«, fragt der Vater, legt die Zeitung, die Deert-Owe gebracht hat, zur Seite und schneidet sein viertes Brötchen auf, während die königliche Mutter immer noch mit ihrer ersten Hälfte kämpft.

Gyde zuckt die Schultern.

»Zwei oder drei Wochen. Ungefähr.«

»Und wie viele hat er bereits auf dem Gewissen?«

Die Mutter lächelt, faltet die Zeitung zusammen, bevor Gyde einen Blick auf das Foto des toten Mädchens werfen kann, und lässt sie auf ihren Schoß gleiten.

»Wir wollen über etwas anderes reden. Es ist ein so schöner Tag.«

Der Vater brummt etwas vor sich hin. Dann klopft er Gyde auf die Schulter.

»Na ja, du bist schließlich alt genug und weißt Bescheid, dass du keinem Fremden vertrauen darfst.«

Sie seufzt und schielt zur Küchenuhr hinauf. Ob David wohl wirklich zum Strand gekommen ist? Und wenn, ob er dann noch immer auf sie wartet?

Na ja, Pech. Schließlich hat sie nichts versprochen. Und außerdem kann er sich auch mit Anna amüsieren. Die würde sich bestimmt besser küssen lassen.

»Gyde muss noch ihre Geschenke auspacken«, hört sie den Vater sagen. »Und später fahren wir dann ein wenig spazieren.«

Die Mutter lächelt, nimmt ihren Teller und steht auf. Sie stößt sich den Ellenbogen an der Tischkante, verzieht das Gesicht, schwankt zum Klappeimer und lässt die Hälfte des halben Brötchens darin verschwinden.

»Du isst zu wenig«, sagt der Vater.

Dabei ist Gyde schon froh, dass sie überhaupt etwas zu sich nimmt. Aber das sagt sie nicht. Stattdessen sieht sie noch einmal zur Uhr hinüber. Mittlerweile ist es fast halb zehn und David bestimmt nicht mehr da.

Gydes Herz schlägt plötzlich schneller als sonst. Sie atmet tief ein, fixiert dabei das Marmeladenglas und beschließt, ihr Floß erst nach den Ferien fertig zu bauen.

»Ich dachte, der ist genau das Richtige für meine kleine Prinzessin.«

Gyde steht mit großen Augen vor dem schweren Kronleuchter aus bunten geschliffenen Glassteinen, die sich rund um die Fassung herum zu kleinen Engelfiguren formieren und darunter als üppige Perlenketten an ihm herunterhängen.

Wie hatte ihr Vater sie genannt? Prinzessin?

»Gefällt er dir etwa nicht?«

»Doch, er ist toll.«

Der Vater lächelt, und ihr rutscht fast die Stimme weg, als sie das sagt.

»Willst du die anderen Sachen gar nicht auspacken?«

Gyde schaut in sein Gesicht, das vor ihren Augen zu verschwimmen droht.

»Hängst du ihn auf?«

»Später. Wenn du alles ausgepackt hast.«

Wieso ist er nur immer so ungeduldig mit seinen Geschenken?, denkt Gyde und reißt wie in Trance die unzähligen Pakete und Päckchen auf. Ein Riesenteddy aus weißem Plüsch. Ein paar Pullis und Jeans. Ein Samtschal. Bücher. Kassetten. Videofilme. Und ein meterlanges Stück Stoff aus weißer, durchsichtig-dünner, bestickter Seide.

»Was ist denn das?«

»Das ist ein Sari. Den tragen die Frauen in Indien«, sagt er.

Aha, irgend so eine Geisha-Rosita also, denkt Gyde, aber dann fällt ihr ein, dass es die nur in Japan gibt und sie bestimmt nicht Rosita heißen.

»Was soll ich denn damit?«, fragt sie patzig.

»Ein Himmel soll das sein. Für dein Bett.« Der Vater lächelt sie an und legt ihr einen Arm um die Schultern.

»Quatsch«, sagt Gyde und lässt den Stoff durch ihre Hände gleiten. »Wie soll das denn gehen?«

»Ganz einfach. Wirst du nachher schon sehen. Und jetzt komm, zieh dir was von den neuen Sachen an, und dann fahren wir erst einmal in die Stadt.«

Die königliche Mutter hat ihre neue seidene Stola umgelegt und ein feines Hütchen aufgesetzt. Die Glitzerpartikelchen ihres Gesichtspuders, den sie so dick aufgetragen hat, dass von den dunklen Schatten unter ihren Augen nichts mehr zu sehen ist, funkeln in der Sonne.

»Du musst den Wagen mal überholen lassen«, sagt der Vater. »Die Kupplung rutscht durch, und die Bremse macht auch Geräusche.«

»Du weißt doch, dass ich davon nichts verstehe«, sagt die königliche Mutter. »Aber ich werde Deert-Owe darum bitten.«

Der Vater nickt, als er in die Bundesstraße 202 Richtung Kiel einbiegt. »Was für ein Glück, dass wir so wundervolle Nachbarn haben.«

Sie fahren eine Weile schweigend durch die Landschaft. Es ist nicht viel los auf der Straße. Nur einmal müssen sie einen Trecker überholen, etwas später zwei LKWs. Gyde blinzelt durch die Seitenscheibe. Sie betrachtet die Kühe beim Wiederkäuen und die Lämmer bei ihren Bocksprüngen und atmet dabei den süßen Duft der wenigen noch nicht verblühten Rapsblumen ein.

Die königliche Mutter klappt den Blendschutz herunter und lächelt Gyde in dem kleinen aufgeklebten Taschenspiegel zu. Dann zieht sie sich mit ihrem viel zu roten Stift die Lippen nach.

Das Mädchen lässt sich in den Sitz zurückfallen und denkt an Anna und David, die jetzt bestimmt am Strand sind. Sie seufzt leise und versucht sich den Herbst vorzustellen, wenn kein Fremder mehr da war und sie das Meer wieder für sich alleine hatte.

In einer kleinen überteuerten Boutique kauft die Mutter sich fünf Kleider, zwei Kostüme und etliche Accessoires, die sie alle nur einmal tragen würde, jetzt, in der Zeit, in der der Vater da war, und die in den nächsten Wochen dann nach und nach in die Altkleidersammlung wandern würden, weil es beim nächsten Besuch ja wieder neue gab.

Aber das ist wohl in allen Königreichen so üblich, denkt Gyde, die sich in einem Möbelgeschäft zwei Gardinenstangen mit sternenförmigen Endknäufen für ihr Himmelbett aussucht und anschließend in einem winzigen vornehmen Restaurant mit elsässischer Küche eine Portion Coq au vin verspeist, weil das so etwas Ähnliches wie Hähnchen ist.

Die königliche Mutter probiert von jedem ein wenig und lässt dann alles wieder zurückgehen. Der Vater bestellt eine Flasche Rotwein und für Gyde Eis zum Nachtisch. Er ist glänzend gelaunt und erzählt von seiner letzten Fahrt. Vom Sturm im Pazifischen Ozean und wie einer der Matrosen fast über Bord gegangen wäre, von den schwimmenden Märkten in Bangkok und den schillernden Farben der asiatischen Welt.

Jedes Mal, wenn er über Frauen spricht, zuckt die Mutter ein wenig zusammen, und immer, wenn er sich neuen Wein nachschenkt, treten kleine Schweißperlen auf ihre Stirn.

Auf dem Rückweg im Auto zittern für eine Weile sogar ihre Finger. Im Hahn war schließlich auch Wein, denkt Gyde, auch wenn sie davon kaum etwas gegessen hat.

»Ist dir nicht gut?«, fragt der Vater und fährt sich mit den Fingern der linken Hand durch die dicken schwarzen Haare.

Aber die königliche Mutter lächelt nur.

5

»So, fertig«, sagt der Vater, räumt die Bohrmaschine und das restliche Handwerkszeug wieder zusammen und zupft noch ein wenig den Sari zurecht.

»Lass mal, ich mach das schon so, wie mir das gefällt«, sagt Gyde.

Er nickt. »Na, klar«, und versucht, ihr über den Kopf zu streichen. Doch Gyde wirft sich geschickt unter seiner Hand hinweg aufs Bett.

Er lächelt und hebt die Hand, mit der er sie berühren wollte, hinter seinen Kopf und kratzt sich damit im Nacken.

»Dann wünsche ich dir eine himmlische Nacht, Prinzessin.«

Gyde wippt mit ihrem Po auf der Matratze, während der Vater ihr noch einmal zuzwinkert und langsam die Tür hinter sich schließt.

Der weiße Sari sieht im Dunkeln aus wie ein feiner Nebelschleier, der sich wie ein schützendes Dach über sie ausbreitet. Gyde lässt ihre Augen durchs Zimmer gleiten, über alle Möbel hinweg, so wie sie es kurz vor ihres Vaters Ankunft getan hatte, und bleibt an dem neuen Kronleuchter hängen, dessen Glassteine durch das hereinfallende Mondlicht wie tausend Sterne an der Zimmerdecke glitzern.

Am liebsten würde sie ihn herunterreißen und zerschlagen. Doch stattdessen zieht sie sich nur die Decke über den Kopf, ballt ihre Hände zu Fäusten zusammen und drückt sie auf ihre brennenden Augen.

Der Sand ist noch feucht von den letzten Wellen, die die abfließende Flut auf den Strand getrieben hat. Gyde zieht ihre Zehen an und drückt sie tief in den Sand hinein, sodass dort Krallenfußabdrücke entstehen.

Sie sieht auf das Meer hinaus und fröstelt. Zum ersten Mal in diesem Jahr hat sie keine Lust, sich am frühen Morgen bis zum Hals ins Wasser zu setzen.

Es ist zu kalt, und außerdem könnte sie auch gesehen werden. Von Jochen oder, schlimmer noch, David, dem sie unter keinen Umständen mehr etwas über sich anvertrauen will.

Ein Stück weiter draußen läuft ein Pärchen mit hoch aufgekrempelten Hosenbeinen dem Meer hinterher. Und rechts daneben führt ein Mann sein Muscheln sammelndes Töchterchen an der Hand.

»Hey, Gyde!«

David!

»Du bist aber früh auf«, schnauft er, als er bei ihr angekommen ist.

»Du ja auch.«

Er nickt, und dann gucken sie zusammen aufs Meer.

»Es rauscht heute gar nicht«, sagt Gyde.

David nickt wieder und starrt auf seine Finger, die mit etwas herumspielen.

»Ich habe auf dich gewartet.«

»Wann?«, fragt Gyde, obwohl sie genau weiß, was er meint. Ihr Gesicht wird glühend heiß.

»Gestern.«

»Ich habe verschlafen. Tut mir Leid«, sagt sie. »Aber du hast bestimmt jemand anderen getroffen.«

»Aber nicht zum Floßbauen.« Er sieht ihr direkt in die Augen. »Um sechs war's wirklich menschenleer.«

»Tut mir Leid«, sagt Gyde noch einmal und weicht seinem Blick aus.

»Etwas später ist so ein langhaariger Typ da oben mit 'nem Fahrrad langgefahren. Ganz langsam. Der hätte eigentlich zu Fuß gehen können.«

»Na und?« Gyde zuckt die Schultern. »Ist doch egal.«

»Ja, natürlich«, sagt David. »Und dann ist zum Glück Anna gekommen.«

Gyde zuckt zusammen, aber um sich nichts anmerken zu lassen, zeigt sie schnell auf seine Hände, die immer noch mit dem Dings spielen.

»Was hast du eigentlich da?«

»Och, nur so ein Talisman.«

David öffnet kurz seine rechte Hand, und Gyde sieht etwas aufblitzen.

»Ich konnte es gar nicht richtig erkennen.«

»Na ja, es ist auch ziemlich kitschig.«

Zögernd hält er ihr eine durchsichtige Kunststofffigur entgegen, in deren Kopf in kurzen Abständen ein kleiner blauer Stern aufblinkt.

»Heiß«, sagt Gyde.

»Na ja.«

»Und das ist so was wie ein Glücksbringer?«

»Eigentlich ist es ein Werbegeschenk, das mein Vater letztes Jahr zu Weihnachten haufenweise an seine Kunden verteilt hat. Aber ich habe gemerkt, dass es mir in der Schule hilft. Und auch sonst.«

Er grinst. »Allerdings, spätestens wenn die Batterie leer ist, ist der ganze Zauber vorbei.«

»Kannst du sie denn nicht auswechseln?«

»Nee, die ist eingebaut. Leider. Und das mit dem Glück klappt nur, wenn der Stern leuchtet.«

Gyde nickt und wagt es kaum ihn anzusehen, als sie fragt:

»Und wobei soll er dir heute Glück bringen?«

David zuckt die Achseln und schaut wieder zum Meer hinaus, das inzwischen fast nur noch wie ein breiter Streifen am Horizont aussieht.

»Geheimnis«, flüstert er.

»Hat es mit Anna zu tun?«, fragt Gyde leise, und der dicke Kloß in ihrem Hals rutscht in ihren Brustraum und fängt wie wild an zu schlagen, als sie ihn aus den Augenwinkeln kaum erkennbar seinen Kopf schütteln sieht.

Zum Frühstück gibt es warm-duftende Croissants, von denen sogar die königliche Mutter eines aufisst. Der Vater streicht ihr über die Wange und lächelt.

»So gefällst du mir.«

Gyde findet, dass er sie wie ein Kind behandelt, aber sie denkt lieber an David und das, was er vor einer halben Stunde am Strand gesagt hat. Nämlich dass es nichts mit Anna zu tun hat. Er hat zwar auch nicht gesagt, dass es mit ihr, Gyde, zu tun hat, aber die Luft zwischen ihnen hat sich so angefühlt, als wenn es so sei.

David hat sich unzählige Male geräuspert und auf seine Füße gestarrt, bis Gyde endlich gesagt hat, dass sie frühstücken muss, und weggelaufen ist.

Und jetzt sitzt sie da und kriegt nichts runter, obwohl die Hörnchen so wunderbar duften und sogar die Mutter eines gegessen hat.

Gyde legt eine Hand auf ihren Bauch und versucht

das fliegende Gefühl darin zu beruhigen, damit sie es aushalten kann.

»Ist dir nicht gut?«, fragt der Vater.

»Doch.«

»Und warum isst du überhaupt nichts? Deert-Owe hat die …«

Gyde lässt ihn nicht zu Ende reden.

»Vielleicht später.« Sie schiebt sich zum Ende der Bank und steht auf. »Ich leg mich nochmal hin.«

»Werd nur nicht krank, solange ich noch hier bin«, hört sie ihn sagen, bevor sie ihre Zimmertür hinter sich schließt.

Danach kann ich wohl ruhig, denkt sie und kriecht unter ihre Rosendecke. Aber das würde sie nicht.

Nicht mit so einem Gefühl im Bauch.

Sie ist David wichtiger als Anna. Und das ist alles, was sie im Augenblick interessiert.

»Den habe ich gesehen«, sagt David und deutet auf das Phantombild in der Zeitung. Er dreht sich um und zeigt zum Deich hinüber. »Da auf dem Weg ist er mit dem Fahrrad langgefahren. Gestern erst.«

Er guckt den dreien nacheinander in die Augen. »Ich schwöre, er war's.«

»Dann müssen wir zur Polizei«, sagt Anna. »Ich habe jedenfalls keine Lust drauf, dass der mich auch noch umbringt.«

»Das ist doch kein echtes Foto«, erwidert Gyde. »Außerdem ist die Zeitung schon alt.«

»Na, und?«, ruft David. »Hast du etwa keine Angst?«

»Nein.«

Sie hat noch nie vor etwas Angst gehabt.

»Wenn du willst, beschütze ich dich«, sagt Jochen

und legt einen Arm um ihre Schultern. »Und David beschützt Anna.«

»Du hast ja ’n Knall!«, faucht Gyde und schlägt seinen Arm wieder herunter. Sie springt auf und rennt über den Sand aufs Wasser zu.

»Warte doch!«, schreit David.

Dann komm mir doch nach, denkt sie und rennt weiter. Ihre Zehen berühren das Meer. Ihre Knöchel, dann ihre Waden.

Hinter ihr sind Schritte. Dann spürt sie Arme um sich herum und ein Lachen hinter ihrem Ohr.

Sie stolpert und fällt der Länge nach ins Wasser.

»Lass sie gefälligst los«, hört sie Anna rufen. »Gyde mag das nicht.«

Sie weiß es eben nicht anders.

Gyde lacht und tut so, als wolle sie Davids Arme loswerden. Anna zerrt an seiner Badehose.

»Jetzt hör doch auf!«

Jochen springt ihm von hinten auf den Rücken und drückt seine Hände auf Davids Kehle.

»Ihr spinnt doch!«, ruft Gyde. »Lass mich los, David.« Weil sie nicht möchte, dass Jochen ihm wehtut. Und auch nicht, dass er gleich ohne Badehose dasteht.

»Entschuldigung«, murmelt David und streicht ihr einen kleinen Kuss auf die Wange. Dann lässt er sie los und drückt Jochens Hände auseinander.

Jochen springt ins Wasser zurück. Die beiden Jungen sehen sich kurz in die Augen und fangen an, sich zu keilen.

»Jetzt hört endlich auf!«, schreit Anna und wirft sich dazwischen. »Was soll das denn?!«

Sie versucht sich an David zu klammern, aber Jochen

packt sie von hinten an den Schultern und zerrt sie ein Stück zurück.

»Hier!«, brüllt er. »Schau doch endlich mal genau hin. Die sind nämlich echt Klasse, die Titten von meiner Schwester.«

Anna hockt neben Gyde auf der alten Baumwurzel im königlichen Garten und schluchzt.

»Dass der so gemein ist, das hätte ich nie gedacht. Der weiß doch, dass ich David liebe.«

Gyde streicht ihr über den Rücken. Anna tut ihr nicht Leid.

»So was Peinliches. Dabei habe ich noch gar keine Titten.«

»Vielleicht ist es David egal«, sagt Gyde. »Jedenfalls, wenn er dich wirklich liebt.«

Sie muss ja nicht wissen, dass er in Wahrheit nur Gyde mag.

»Kannst du ihn nicht fragen?«

»Was?«

»Ob er mich auch liebt?« Anna sieht Gyde flehend an. »Bitte.«

»Warum machst du das nicht selbst?«

»Aber das ist doch peinlich. Besonders nach der Sache mit den Titten.«

»Und wenn er nein sagt?«

Anna fängt wieder an zu schluchzen. »Das darf er nicht. Weil, dann sind das die furchtbarsten Ferien meines Lebens.«

»Aber du hast doch noch Bruno.«

Während Gyde sonst niemanden hat. Nur David.

»Ja, zu Hause«, sagt Anna. »Und bestimmt hat der sich auch längst in eine andere verknallt.«

»Mama ist immer traurig, wenn du nicht da bist«, sagt Gyde.

»Ja«, seufzt der Vater. »Aber ich bin nun einmal ein Seebär. Auf dem Festland habe ich es noch nie lange ausgehalten. Ich brauche das Meer und die Freiheit. Und ich muss was sehen von der Welt. Das hat deine Mutter von Anfang an gewusst.«

Er lächelt und streicht ihr dabei über den Kopf. »Aber ich bin stolz darauf, dass ich euch habe.«

»Bist du auch stolz auf Rosita?«, fragt Gyde.

Seine Hand zuckt weg und verschwindet in seiner Hosentasche.

»Was redest du da nur?«

Er schüttelt den Kopf und sieht zu den Schafweiden hinüber.

»Mama hat's mir gesagt.«

»Aber das ist doch Unsinn.«

»Hast du sie lieb?«

»Ich liebe nur dich und deine Mutter.«

Also ist es wahr, denkt Gyde.

»Mama trinkt Schnaps. Jeden Tag eine ganze Flasche«, sagt sie leise.

»Gyde, was soll das?« Er beugt sich zu ihr herunter. »Hast du nicht alles, was du dir wünschst?«

Ja klar, ein Himmelbett und einen Kronleuchter. Teure Klamotten und riesige Kuscheltiere.

»Deine Mutter hat noch nie getrunken«, sagt er. »Ganz selten einmal ein Glas Wein.«

Gyde kämpft gegen die Tränen an, die mit aller Macht aus ihr herauswollen.

»Aber nur, wenn du da bist.« Ihre Stimme fängt an zu zittern. »Sobald du fort bist, liegt sie den ganzen Tag im Bett und trinkt.«

Der Vater runzelt die Stirn und schweigt. Er wendet sich von Gyde ab und blinzelt in die Sonne.

»Ich weiß nicht, warum du dir so etwas ausdenkst«, sagt er scharf. »Vielleicht, weil du dir wünscht, dass ich immer da bin.« Er atmet einmal tief durch. »Nun gut, ich verstehe dich. Aber ich finde das nicht fair.«

»Papa.«

Das hat sie schon ewig nicht mehr zu ihm gesagt.

»Gyde, du kannst mir sonst was erzählen«, fährt er sie an. »Aber nicht, dass deine Mutter vier- oder fünfmal im Jahr freiwillig und vollkommen allein einen Alkoholentzug macht. Das gibt es nicht.«

»Frag doch Rieke«, schluchtzt Gyde los und klammert sich an seinem Arm fest, aber er schüttelt sie ab wie eine lästige Fliege.

»Einen Teufel werde ich tun.«

»Kann man eigentlich da rüber?«, fragt David und nickt zu dem Leuchtturm.

»Nein«, sagt Gyde. »Dort fängt das Naturschutzgebiet an.«

»Ich würde aber gerne.«

»Habt ihr denn keine Leuchttürme in Norwegen?«

»Klar. Aber wir wohnen nicht an der Küste.«

Gyde nickt.

»Es geht trotzdem nicht.«

David sieht nach unten und schabt mit seinen Füßen im Sand. Dann grinst er plötzlich, legt seine Hand auf Gydes Schulter und rüttelt ein wenig an ihr.

»Mit den Schafen, das wäre eigentlich auch nicht gegangen.«

»Es ist auch nicht gegangen«, sagt sie leise.

»Aber es wäre.«

»Anna ist in dich verknallt.«

»Ich weiß«, brummt David und nimmt seine Hand von Gydes Schulter. »Aber was soll ich dagegen machen?«

»Vielleicht sagst du's ihr, wenn es bei dir nicht so ist.«

»Kannst du immer ehrlich sein?«

»Nein.«

David geht los, den Strand entlang, und Gyde folgt ihm mit etwas Abstand. Plötzlich dreht er sich um und schaut ihr direkt in die Augen.

»Was kann ich dafür, dass ich dich mag?!«

Er schreit es so laut, dass Gyde zusammenzuckt. Ihr Herz fängt an zu trommeln.

»Und Anna?«

»Du meine Güte, die mag ich auch!«

»Ach so«, sagt Gyde und versucht wieder Luft zu kriegen. Es ist also genauso wie beim Vater und der königlichen Mutter und Rosita. Wahrscheinlich ist es immer so. Mit allen. Vielleicht sogar mit Deert-Owe und Rieke. Und Anna. Wieder daheim, würde sie sich gleich ihrem Bruno in die Arme schmeißen und David wäre vergessen.

»Aber es ist eben schwierig, wenn sie dauernd was von mir will«, hört sie David sagen. »Mit dir ist das viel einfacher. Mit dir kann ich was machen. Soll ich Anna das etwa sagen? Wo du ihre Freundin bist?«

»Nein.«

Gyde schüttelt den Kopf. Dann ist es ja nicht nötig. Wenn es sowieso anders ist, als sie gedacht hat.

Gedacht oder gehofft? Gyde starrt in ihren weißen Sarihimmel und denkt an die königliche Mutter. Und an ihr Floß. Ein königliches Floß, das dringend weitergebaut werden müsste. Morgen Nacht zwischen ein und drei Uhr würde das Wasser weit genug weg sein, sodass sie das Floß gut erreichen konnte. Und dann würde sie dafür sorgen, dass die Arbeiten daran vorangingen.

Und gleich danach würde sie fortsegeln, einen Mann finden, der ihr gebührte, und Königin in einem anderen Land werden. So wie Sylvia, die vor vielen Jahren König Karl Gustav von Schweden geheiratet hatte.

Wahrscheinlich hat sie sich sowieso geirrt, was David angeht. Ganz sicher ist er kein Prinz und kann auch nicht einfach so mit einer Prinzessin verkehren.

Gyde versucht einige Male, das stramme Gefühl in ihrem Hals hinunterzuschlucken, und dreht den Kopf schließlich in ihr Rosenkopfkissen, damit ihr armes Volk nicht mit ansehen muss, wie unglücklich seine Prinzessin ist.

Am nächsten Tag hat Gyde Bauchkrämpfe und Fieber. Die königliche Mutter kocht ihr einen Kamillentee, der abscheulich schmeckt. Aber Gyde lässt ihn in kleinen genüsslichen Schlucken über ihre Zunge fließen, so als wäre er das Wunderbarste, das sie seit Jahren zu trinken bekommen hat.

Zum Nachmittagskaffee kommen dann noch Rieke und Deert-Owe und schenken ihr ein Buch über alle Muscheln der Weltmeere.

»Damit dein Vater weiß, was er dir das nächste Mal mitbringen kann«, sagt Deert-Owe und lächelt.

Der Vater lächelt auch, und dann gibt es für eine Weile überhaupt nichts zu erzählen.

»Weißt du schon, dass Jochen und Anna eine Woche länger bleiben?«, fragt Rieke schließlich.

Gyde schüttelt den Kopf. »Nö.«

»Na, das ist ja prima!«, sagt die königliche Mutter und legt einen Arm um Gydes Schultern.

Deert-Owe kneift beide Augen zusammen und versucht Gyde mit dem rechten zuzuzwinkern, was er noch nie richtig konnte.

»Ich glaube, diesmal ist es Jochen, der dich mehr interessiert, nicht wahr?«

»Dummes Zeug«, erwidert die Mutter. »Gyde ist doch noch ein Kind.«

»Immerhin fast dreizehn«, seufzt Rieke. »Und heutzutage sind sie ja schon so früh dran.«

Deert-Owe nickt. »Die Kleine von meinem Cousin in Segeberg, die bekommt im Winter bereits ihr erstes Baby.«

»Meine Güte«, empört sich Rieke. »Das kannst du doch nicht vergleichen. Sünje ist immerhin schon sechzehn.« Sie lächelt. »Und ich war auch gerade mal achtzehn, als ich dich geheiratet habe.«

»Du mich?«, fragt Deert-Owe.

Die beiden bekommen rote Wangen und gucken verschämt nach unten. Und Gyde kriegt einen fürchterlichen Bauchkrampf.

»Mir ist schlecht«, stöhnt sie. »Ich glaube, ich muss ...«

Der Vater springt auf, greift nach der Spülschüssel und hält sie gerade noch rechtzeitig unter ihr Kinn.

6

»Wann kommst du endlich wieder raus?«, fragt Anna.

»Keine Ahnung«, murmelt Gyde und dreht sich zur Wand. Das Fieber ist seit zwei Tagen herunter, sie muss sich auch nicht mehr übergeben, aber sie hat immer noch keinen Appetit.

»Das Wetter ist so toll geworden. Richtig heiß«, sagt Anna. Sie steht auf, beugt sich über Gyde und hält ihr ihren Arm vor die Nase. »Schau mal, wie braun ich geworden bin.«

»Klasse«, sagt Gyde, ohne hinzugucken.

»Wegen Jochen brauchst du dir auch keine Sorgen mehr zu machen. Der hat 'ne neue Flamme.«

Anna lässt sich wieder zurück in den Stuhl fallen. »Und ich auch«, sagt sie leise. »David war mir echt zu doof.«

»Vielleicht war er einfach nicht richtig in dich verliebt«, sagt Gyde noch immer zur Wand.

»Na klar war der das. Der hat ja richtig geschmachtet, wenn wir verabredet waren und ich nicht gleich pünktlich gekommen bin«, ruft Anna und lacht.

Unter Gydes Brustbein gibt es einen kleinen Stich. Warum hatte David ihr dann erzählt, dass er nicht so an Anna interessiert sei? Sie dreht sich auf die andere Seite zurück und guckt in die hellen Augen ihrer Ferienfreundin.

»Und deshalb findest du ihn doof?«

»Nee, ich mochte ihn nicht küssen.«

»Ich würde auch niemals einen küssen«, sagt Gyde. »Das ist doch für Erwachsene.«

Anna wirft ihre Locken zurück und lacht.

»Versuch's doch erst mal. Es ist nämlich toll. Und den Erwachsenen muss man das ja sowieso nicht erzählen.«

Gyde setzt sich auf und schüttelt den Kopf.

»Eben hast du noch gesagt, bei David hätte es dir nicht gefallen.«

»Vielleicht bin ich nicht genug in ihn verliebt gewesen«, sagt Anna und seufzt. »Jedenfalls war sein Mund irgendwie komisch.« Sie schüttelt sich. »Außerdem habe ich gestern von Bruno einen ganz tollen Liebesbrief bekommen, und deshalb kann ich ihn jetzt einfach nicht mehr betrügen.«

Der Vater geht unruhig in der Küche auf und ab, schnauft und trommelt mit den Fingern auf der Abdeckplatte des Kühlschrankes herum.

»Wenn er nicht gleich kommt, musst du mich eben fahren«, sagt er zur königlichen Mutter. Aber die ist anders als an den vorherigen Tagen noch immer im Nachthemd und hat auch nichts gefrühstückt.

»Dann läuft Gyde eben schnell rüber und guckt, wo er bleibt«, befiehlt er.

Sein Gesicht ist unfreundlich und seine Augen dunkel, wie immer an diesen Tagen, an denen er sie wieder verlassen muss.

Gyde schüttelt den Kopf und beißt zaghaft in ihr Knäckebrot.

»Ich bin noch krank.«

»Unsinn«, sagt der Vater. »Du musst nur wieder richtig essen.«

Er sieht zu seiner Frau hinüber, die wie ein verunglückter Wackelpudding auf einem Stuhl direkt in der Ecke neben dem Mülleimer sitzt.

»Wenn ihr immer so wenig esst, dann muss ich ja befürchten, dass ihr gar nicht mehr da seid, wenn ich in zwei Monaten wiederkomme.«

Er lacht.

»Ich gehe«, sagt Gyde.

Draußen kommt ihr Deert-Owe bereits entgegengehastet.

»Ist dein Vater schon böse?«

Gyde nickt.

»Ist er doch immer. Egal, ob du pünktlich bist oder nicht.«

Deert-Owe rennt an ihr vorbei zum königlichen Palast hinüber.

Gyde zieht ihre Strickjacke vorn etwas zusammen und blinzelt in die Sonne.

»Ist dir kalt?«, fragt David von hinten.

»Ja«, erwidert Gyde, ohne sich umzudrehen. »Schließlich bin ich krank gewesen.«

»Anna sagt, es geht dir besser.«

»Woher will sie denn wissen, wie ich mich fühle?«

»Ja«, sagt David und schweigt.

»Ich geh dann mal lieber wieder rein.«

Gyde sieht ihn immer noch nicht an, setzt langsam einen Fuß vor den anderen und bewegt sich auf ihren Palast zu.

»Ich hab dich vermisst.«

Das sagt ihr ein Mann aus dem Volk?! Was fällt ihm nur ein!

Sie wendet sich um mit fest über der Brust verschränkten Armen und blitzt ihn an.

»Ich dich nicht besonders.«

Am besten wäre es sogar, er wäre überhaupt nicht mehr hier.

David nickt, guckt betreten zu Boden und schiebt mit seiner Schuhspitze ein paar kleine Kieselsteine hin und her.

»Wir fahren übermorgen«, sagt er leise. »Und ich dachte, wir könnten noch einmal zusammen an den Strand.«

»Ich muss mich von meinem Vater verabschieden«, erwidert Gyde.

Sie zieht ihre Strickjacke noch fester zusammen und macht ein paar Schritte rückwärts. »Außerdem bin ich krank.«

»Warum?«, fragt David.

Doch das wird sie ihm nicht sagen.

Der Abschied vom Vater ist unspektakulär. Er steht in der Eingangstür und hält seine Koffer bereits in der Hand. Deert-Owe will sie ihm abnehmen, aber er schüttelt den Kopf.

»Ich trag sie selbst. Hol du lieber deinen Wagen aus der Garage.«

»Das hab ich doch längst.«

»Na gut«, sagt der Vater. »Dann wollen wir mal zusehen, dass wir noch zurechtkommen.«

Er lächelt Gyde an.

»Also, mein Deern, dann pass mal gut auf deine Mutter auf.«

Das sagt er immer, doch heute würde Gyde am liebsten »Wieso?« fragen. Wenn Deert-Owe nicht noch dabei stünde!

Der Vater hebt seine Sachen in den geöffneten Kofferraum des blauen Ford, lässt ihn von Deert-Owe schließen und sinkt auf den Beifahrersitz.

Er dreht sich nicht mehr um und winkt auch nicht. Das hat er zum letzten Mal getan, als Gyde drei oder vier war. Aber weil sie nie zurückgewunken hat, hat er es dann wohl auch gelassen.

Es tut nicht einmal weh, dass er jetzt wieder weg ist. Gyde denkt auch nicht daran, dass er in gut zwei Monaten wiederkommt. Sie sieht nur auf die Schlafzimmerfenster der königlichen Mutter, vor die sich langsam die tristen braunen Vorhänge ziehen und für genau diese zwei Monate den Blick hinein und hinaus versperren werden.

»Gyde! Kind!«

Es klingt wie ein Untergang. Doch sie muss sich nicht beeilen, denn sie weiß, was die Mutter will.

Gyde öffnet die Schlafzimmertür und reißt die Gardinen auf.

»Es ist nichts mehr da«, sagt sie.

»Dann muss Deert-Owe eben einkaufen fahren«, seufzt die Mutter. »Sofort.«

»Er ist nicht zu Haus«, lügt Gyde.

Schließlich hat sie selber gesehen, wie er zurückgekommen ist und seinen blauen Ford in die Garage gefahren hat.

Die Mutter legt den Arm über ihre Augen.

»Würdest du bitte die Vorhänge wieder schließen. Mir ist nicht gut.«

»Nein«, sagt Gyde.

Die Mutter nimmt den Arm herunter und sieht ihre Tochter kurz an.

»Dann musst *du* halt fahren. Mit dem Rad.«

»Sie dürfen das nicht an Kinder verkaufen.«

»Das macht Ramona schon, wenn du ihr sagst, dass es für mich ist.«

Gyde schüttelt den Kopf.

»Dir ist ja nur nicht gut, weil Papa wieder weg ist!«, schreit sie. »Ich will aber nicht mehr, dass dir immer nicht gut ist«, sagt sie leise, rennt hinaus in die Diele und schlägt die Schlafzimmertür hinter sich zu.

Der Himmel ist so hell, dass fast keine Sterne zu sehen sind. Gyde lässt ihre Turnschuhe auf den Steinen zurück und läuft dem Meer entgegen.

Einen guten Meter vor den sich sanft auskräuselnden Wellen setzt sie sich in den feuchten Sand und blickt zum taghell erleuchteten Horizont hinaus. Irgendwo dahinten ist Norwegen, denkt sie, und dort wird es jetzt in der Nacht überhaupt nicht dunkel. Noch weniger dunkel als hier.

Die erste Welle erreicht ihre Zehenspitzen. Das Wasser ist lauwarm, von der heißen Sonne der letzten Tage aufgeheizt. Ein kleiner Krebs wird mit herangespült. Gyde wartet, bis das Meer ihre aufgestützten Handgelenke berührt, und lässt das kleine Schalentier in ihre hohle Hand schwimmen.

»Wieso hast du so viel Vertrauen?«, sagt sie und hält sich den Krebs vor die Nase. »Das Meer ist heimtückisch. Wenn man nicht aufpasst.«

Sie holt weit aus und wirft das Tier ins Wasser zurück.

»Der kommt gleich wieder«, sagt David.

»Wieso schleichst du dich immer so an?!«, faucht Gyde.

»Weil du sonst wegläufst, bevor ich da bin.«

Gyde sieht zu ihm hoch, mitten in seine grünen Augen.

»Kann schon sein.«

Dann guckt sie schnell wieder weg, verschränkt die Arme über ihren Knien, stützt ihr Kinn darauf und schaut wieder in den hellen Horizont.

»Warum?«, fragt David.

»Was?«

»Warum du vor mir wegläufst.«

Gyde antwortet nicht, sondern beobachtet das Meer, wie es langsam näher kommt und ihren Körper umschließt. Ihre Jeans sind schon nass bis zu den Hüften.

»Warum sagst du nichts?«, fragt David.

Gyde versucht sich vorzustellen, wie es ist, wenn das Wasser ihr bis kurz über den Mund reicht, langsam in ihre Nasenlöcher fließt, und ob sie dann wohl noch mitkriegt, wenn es vor ihren Augen schwappt und sie über und unter dem Meeresspiegel gleichzeitig sehen kann. Ohne Taucherbrille. Ohne Schnorchel. Ohne Luft zum Atmen.

»Du bist klatschnass«, hört sie David sagen. »Steh lieber auf. Ich bringe dich nach Hause.«

Sie schüttelt den Kopf.

»Ich lass dich dann auch in Ruhe. Versprochen«, sagt er. »Aber du bist doch erst krank gewesen.«

Er schiebt seine Hände unter ihre Achseln und versucht sie hochzuziehen.

»Lass den Quatsch«, schnauft Gyde und springt auf. »Ich weiß schon, was ich aushalte.«

David zeigt aufs Wasser.

»Da ist er wieder.«

»Wer?«

»Der Krebs.«

Er nimmt ihn und wirft ihn noch einmal weit ins Meer raus. Gyde schaut ihm nach.

»Es ist sinnlos«, murmelt sie. »Manche Sachen sind einfach sinnlos.«

Die Mutter schläft und schwitzt. Gyde schließt leise die Schlafzimmertür und tapst in die Küche, um sich ein Brot zu machen.

Gerade als sie zwei Scheiben von dem angetrockneten Graubrot heruntergesäbelt hat, klopft es an der Haustür. Gyde horcht kurz auf und schüttelt den Kopf. Sie will mit niemandem reden.

Und dann steht plötzlich Rieke im Türrahmen.

»Warum machst du nicht auf?«

»Keine Lust«, sagt Gyde, während sie im Kühlschrank nach dem Streichkäse sucht.

»Habt ihr noch alles?«, fragt Rieke und stellt sich hinter das Mädchen.

Gyde zuckt die Achseln.

»Jedenfalls brauchen wir dieses Stinkzeugs nicht mehr.«

»Welches …?« Rieke Larssen zögert. »Meinst du wirklich?«

»Ja.«

»Egal, was …?«

»Ja, ganz egal, was sie sagt. Du hörst einfach nicht auf sie.«

»Aber …« Rieke lässt sich auf die Bank fallen und schüttelt den Kopf. »Ich weiß nicht, ob das gut ist.«

»Das ist es. Wenn Vater da ist, dann braucht sie es auch nicht.«

»Ja.« Rieke runzelt die Stirn und seufzt. »Aber wenn er weg ist, ist sie todunglücklich.«

»Und ich habe Angst«, sagt Gyde.

Als David ins voll beladene Auto steigt, steht sie hinter der Gardine des Wohnzimmerfensters. Vielleicht würde er im nächsten Sommer wiederkommen. Vielleicht würde sie ihn aber auch nie wieder sehen.

Egal.

Schließlich ist er auch nicht anders als der Vater.

Traurig ist sie aber trotzdem. Allerdings so, dass es keiner merkt.

Der Motor wird angelassen, und der Wagen fährt an. Davids Vater, den Gyde heute komischerweise zum ersten Mal gesehen hat, hupt ein paar Mal. Rieke und Deert-Owe, Jochen und Anna winken.

Gyde geht in den Flur, bleibt vor der Schlafzimmertür stehen und zögert.

»Komm rein«, ruft die Mutter.

Wie klar sie sein kann!

Gyde drückt die Klinke herunter.

»Geht es dir besser?«

»Nein«, sagt die Mutter.

»Du könntest aufstehen, was essen. Wir könnten an den Strand gehen.«

Die Mutter sieht sie mit kraftlosen Augen an.

»Ach, Kind. Verstehst du denn nicht?«

Doch, denkt Gyde.

»Aber ich bin doch auch noch da«, sagt sie.

»Komm doch mit«, bettelt Anna. »Wegen Jochen brauchst du dir wirklich keine Sorgen zu machen. Der schiebt nur noch mit seiner Flamme durch die Dünen.«

»Hier sind überhaupt keine Dünen«, erwidert Gyde und angelt sich ein frisches Handtuch aus der Waschmaschine.

»Dass du immer alles so tierisch ernst nehmen

musst«, knurrt Anna und sieht sich neugierig in der Diele um. »Ist deine Mutter arbeiten?«

»Weiß nicht.«

Gyde hat keine Lust, darüber zu reden.

»Sie hat immer unheimlich viel zu tun. Schließlich ist mein Vater Schiffsoffizier und fast nie da.«

»Manchmal habe ich das Gefühl, du hast gar keine«, sagt Anna.

»Du glaubst doch nicht etwa im Ernst, dass sie mich alleine hier wohnen lassen würden«, erwidert Gyde.

Plötzlich fällt ihr etwas ein. Sie rennt in ihr Zimmer und holt das Foto von ihrem Schreibtisch. Anna lugt hinter ihr durch die Tür.

»Ist das etwa dein Zimmer?«

»Ja«, sagt Gyde. »Und das ist meine Mutter.«

Sie hält Anna das Foto entgegen.

»Die ist aber schön!«

Ja, denkt Gyde. Das ist sie zwar schon lange nicht mehr, aber bald ... bald würde sie es wieder sein.

Der Wind ist für eine Sommernacht ungewöhnlich stark. Die Wellen des aufflutenden Meeres schlagen weit gegen die geteerten Steine hoch, sodass die Gischt bis auf den Weg spritzt. Gyde schließt den Reißverschluss ihres Anoraks und krempelt sich die Hosenbeine bis zu den Oberschenkeln hinauf.

Der erste Schritt ins Wasser jagt ihr eine Gänsehaut über den Körper. Doch nach ein paar Metern hat sie sich an die Kälte und den Wind gewöhnt und watet mit Riesenschritten auf den sich drehenden Lichtkegel des Leuchtturms zu.

Als sie das Floß endlich sehen kann, reicht ihr das Wasser bereits bis an die Oberschenkel, und jede Welle treibt es ihr bis unter den Anorak. Gyde friert, ihre Schultern zittern und ihre Zähne schlagen gegeneinander. Aber sie will es heute schaffen. Gerade bei diesem Wind. Wenn sie das schafft, schafft sie alles andere auch. Ohne David oder Anna.

Oder Wencke.

Sie schafft es allein und muss nicht enttäuscht sein, wenn die Freunde keine wirklichen Freunde sind.

Die Wellen steigen bis zu ihrer Brust hinauf. Es ist unendlich anstrengend, ihnen standzuhalten. Gyde ächzt die Luft aus ihren Lungen und zieht sie schwer wieder ein. Dann wird sie fast nach hinten umgeschlagen, hält sich nur noch mit allerletzter Kraft. Vor Erschöpfung fängt sie an zu weinen. Doch sie kämpft weiter.

Die letzten Meter kommen ihr vor wie eine ganze Schwimmbadlänge. Aber schließlich fasst sie das Floß, das von den Wellen auf und ab geschlagen wird. Tastend arbeitet sie sich bis zu dem Strick vor, an dem sie es zusammen mit David an die Lahnung gebunden hat. Vom salzigen Meerwasser ist der Knoten so fest wie ein Tennisball geworden. Mit ihren kalten, feuchten Fingern kann Gyde ihn kaum lösen.

Sie flucht und schreit und heult in den Wind, während sie versucht, die einzelnen eingedrehten Schnüre des Strickes zu fassen und herauszuziehen. Und als ihre Fingernägel schon ganz weich sind, die Muskeln in den Händen anfangen zu schmerzen und Gyde gar nicht mehr daran glaubt, dass sie es noch jemals hinbekommt, lockert sich plötzlich der Knoten.

Sie pult ihn auseinander und befreit das Floß von der Lahnung. Im gleichen Augenblick naht eine neue Welle, hebt das Floß an und schlägt es gegen ihr Kinn. Ein paar

Sekunden lang bekommt sie keine Luft mehr. Sie taumelt, ihr wird schlecht, und in ihrem Kopf beginnt sich alles zu drehen. Mit einem Auge sieht sie, wie das Meer das Floß mit seinen Wellen in Richtung Ufer treibt.

Hinterher!, denkt Gyde. Sie hält sich das Kinn. Zum Glück gehen der Schwindel und die Übelkeit genauso schnell vorbei, wie sie gekommen sind. Nur der brüllende Schmerz ist noch da.

Gydes Augen brennen, vom Salz des Meeres und von den Tränen. Der Anorak und alles, was sie darunter trägt, ist nass bis in die Achselhöhlen. Sie friert so sehr, dass sie die Kälte schon gar nicht mehr spürt. Mit letzter Kraft kämpft sie sich zurück. Schritt für Schritt ihrem Floß hinterher auf das Ufer zu.

Es ist Jochen, der sie findet. Mit Birte, seiner neuen Flamme.

»Wach auf, Gyde!«, hört sie ihn schreien und spürt, wie er an ihren Sachen zerrt.

»Das Floß«, murmelt sie. »Es muss in den Garten.«

»Vergiss das Scheißfloß! Du musst nach Hause, du bist total kalt.«

Jochen und Birte ziehen Gyde hoch, legen sich jeweils einen ihrer Arme um die Schultern und schleppen sie den Deich hinauf.

7

Gyde wird wach, weil ihr die Sonne direkt ins Gesicht scheint. Der weiße Sarihimmel blendet ihre Augen, und die bunten Kristallsteine ihrer neuen Lampe werfen hunderte sich langsam um sich selbst drehende Regenbogenlichter an die Zimmerdecke.

Ich bin keine Prinzessin, denkt Gyde. Das ist alles Quatsch und blöde Träumerei. Und Prinzen gibt es auch nicht. Jedenfalls nicht in Friesland. Vielleicht woanders. Irgendwo, wo sie nicht hinkann. Zumindest nicht mit diesem Floß. Sie müsste jemanden treffen, der ihr sagen kann, wie man ein richtiges baut, eines, das auch hochseetüchtig ist.

Gyde beobachtet, wie die Klinke der Zimmertür sich nach unten bewegt und die Mutter langsam ihren Kopf hereinschiebt.

»Du bist wach«, sagt sie lächelnd. »Ich habe dir einen heißen Tee gemacht.«

»Du bist ja auch wach«, sagt Gyde.

Die Mutter verschwindet wieder, und Gyde schlägt die Bettdecke zurück. Sie trägt ihren Bademantel, Leggins und dicke Wollsocken.

»Mama, wie bin ich nach Hause gekommen?«, fragt sie in der Küche.

»Die beiden Kinder haben dich gebracht. Die kleine Birte von Petersen und ein Junge, den ich nicht kenne. Wahrscheinlich ein Gästekind.«

»Jochen«, murmelt Gyde und setzt sich auf die Küchenbank hinter eine Tasse heißen Pfefferminztee. Der macht jetzt schon vier Jahre hier Urlaub und die Mutter kennt nicht mal seinen Namen.

»Möchtest du einen Toast?«

Gyde nickt. Es ist ein gutes Gefühl, dass die Mutter sie versorgt. Fast so wie früher. Vielleicht würde ja wirklich alles wieder gut werden.

»Dass du dich nicht erkältet hast«, sagt Anna kopfschüttelnd. »Du bist doch völlig verrückt geworden. Warum hast du denn nicht gewartet, bis der Sturm aufgehört hat?«

Sturm! Anna hat ja keine Ahnung, was das ist!

»Es ist höchstens Stärke sechs gewesen«, sagt Gyde.

»Jochen ist jedenfalls krank.«

Annas Stimme klingt vorwurfsvoll. Aber was kann Gyde dafür?!

»Er hätte mich ja liegen lassen können. Dann wär *ich* jetzt krank.«

Anna tippt sich an die Stirn.

»Oder tot.«

Gyde lacht. »Quatsch!«

Als wenn Sterben so einfach wäre.

»Sogar das Floß haben sie in euren Garten geschleppt.«

Ja, das hatte sie gesehen. Hinten an die Hauswand gelehnt, da stand es jetzt.

»Ich werde mich schon noch bedanken«, brummt Gyde.

»Vielleicht mit einem Kuss?«, lacht Anna.

»Das ist doch gar nicht mehr nötig. Jetzt, wo er in Birte verknallt ist.«

Anna nickt. Sie pult ein paar Muscheln aus dem feuchten Sand und setzt sie in einer Reihe nebeneinander.

»Wir fahren am Samstag.«

»Das weiß ich doch«, sagt Gyde.

Sie schweigen.

Schließlich fängt Anna wieder an zu reden.

»Heute stand nochmal was in der Zeitung. Über diesen Mörder.«

»Hat er schon wieder eine umgebracht?«

»Nein, aber sie suchen ihn.«

Klar, was sollen sie auch sonst tun?

»Und?«, fragt Gyde.

»Er soll ihnen nichts getan haben. Ich meine, abgesehen davon, dass er sie vergewaltigt und umgebracht hat.«

»Verstehe ich nicht.«

»Er hat sie gar nicht entführt oder verschleppt, in einen Kofferraum gerissen oder so. Wie die das sonst immer machen. Die Ärzte, die sich die Leichen angeschaut haben, haben keinen einzigen Kratzer an den Mädchen gefunden. Die müssen alle freiwillig mit ihm mitgegangen sein. Wahrscheinlich, weil er so furchtbar nett ist, sagt die Polizei.«

Gyde zuckt die Schultern. Dieser Mann und die toten Mädchen waren ihr vollkommen gleichgültig.

Die Mutter sitzt in der Küche. Vor ihr auf dem Tisch steht ein Glas, eine fast leere grüne Flasche und eine große Platte mit belegten Brötchen.

»Iss!«, lallt sie Gyde entgegen und lacht. Sie macht eine unbeholfen ausschweifende Armbewegung über den ganzen Tisch. »Alles für dich. Damit du wieder zu Kräften kommst.«

»Ich hab keinen Hunger, Mama.«

Die Mutter versucht aufzustehen, fällt aber sofort wieder auf ihren Stuhl zurück.

»Du musst essen, sonst bist du eines Tages nicht mehr da.«

Gyde geht zögend auf den Tisch zu. Die Brötchen sind sorgfältig mit Wurst und Käse belegt und mit Salatblättern oder Radieschenscheiben garniert.

»Hat Rieke wieder Essen gebracht?«

Die Mutter nickt.

»Sie bringt später noch mehr zu trinken herüber. Lass also bitte die Tür aufgeschlossen.«

Ihr Kopf sinkt leicht nach vornüber. Mühsam richtet sie ihn wieder auf und sieht Gyde mit glasigen Augen an.

»Rieke ist meine Freundin. Daran musst du immer denken. *Meine* Freundin.«

»Warum hast du das gemacht?!«, schreit Gyde.

Rieke legt den Zeigefinger an ihre leicht gespitzten Lippen, »schsch«, schließt leise die Tür zum Wohnzimmer, in dem Deert-Owe vor dem Fernseher sitzt, und schiebt das Mädchen an der Schulter vor sich her in ihre kleine Bügelkammer.

»Als wenn er es nicht weiß«, sagt Gyde.

»Natürlich weiß er es. Alle wissen es.«

Rieke lässt sich auf den alten Holzstuhl nieder, auf dem schon ihre Großmutter immer beim Wäschezusammenlegen gesessen hatte, und zieht das Mädchen an beiden Handgelenken zu sich heran, was Gyde nur widerwillig geschehen lässt.

»Aber was nützt es?«, fragt sie und kämpft gegen das Brennen in ihren Augen an. »Wenn du alles kaputtmachst.«

»Glaub mir, sie hält es nicht durch«, sagt Rieke.

»Aber wenn Vater hier ist ...«

»Ja, wenn er da ist. Dann. Aber das ist kein gutes Zeichen, Kind.« Sie seufzt und schüttelt leise den Kopf. »Du irrst dich, wenn du glaubst, dass das der Anfang einer Entziehung sein könnte. Im Gegenteil. Deine Mutter ist abhängig. Vom Schnaps. Und wenn er da ist, von deinem Vater. Es ist ein und dieselbe Droge, die sie einfach immer nur wieder austauscht.« Sie ruckelt sanft an Gydes Armen. »Vor ein paar Jahren habe ich auch mal geglaubt, dass es klappen könnte.«

Gyde kann die Tränen nicht mehr zurückhalten. Noch nie hat Rieke so mit ihr gesprochen.

»Aber sie muss sich doch um mich kümmern«, schluchzt sie, entzieht Rieke ihre rechte Hand und reibt sich die Tränen vom Kinn, bevor sie auf ihren Pulli tropfen können.

»Das würde sie auch gerne«, sagt Rieke. »Ganz bestimmt. Andererseits weiß sie, dass sie sich auf uns verlassen kann. Und sie sieht auch, dass du immer älter wirst und gut allein zurechtkommst.« Sie senkt ihren Kopf, während sie weiterspricht. »Es ist nicht ideal, aber es geht.«

»Aber warum?!«, schreit Gyde. »Dann muss er eben hier bleiben.«

»Und wovon wollt ihr leben?«

»Das ist doch ganz egal!«

»Nein«, sagt Rieke. »Das ist es nicht. Und das weißt du auch. Und selbst wenn, dann hätte das alles auch keinen Sinn.«

»Aber wieso? Woher willst du das denn wissen?«

»Ich kenne deine Eltern schon lange. Ich bin mit ihnen zur Schule gegangen.«

Rieke zögert. »Ich weiß nicht, ob du schon alt genug bist, um es zu verstehen, aber deine Eltern hatten einfach das Pech, dass sie sich ineinander verliebten, ohne wirklich zusammenzupassen. Deine Mutter war immer still und schüchtern und hat sich nie etwas getraut. Und dein Vater ist immer laut und abenteuerlustig gewesen. Dahinter konnte er seine Gefühle verbergen und seine Angst.«

So ein Blödsinn, denkt Gyde. Ihr Vater und Angst. Wovor denn? Der war doch schon durch die heftigsten Stürme geschifft.

»Weißt du«, sagt Rieke, als hätte sie Gydes Gedanken erraten. »Deine Oma, seine Mutter, ist schon früh gestorben. Da war er, glaube ich, acht oder neun. Und wenn man als Kind so was erlebt, dann hat man einfach Angst, dass einem das wieder passieren könnte.«

»Aber das verstehe ich nicht«, sagt Gyde und sieht Rieke in die klaren blauen Augen. »Mama würde ihn doch niemals verlassen. Aber wenn er sie weiter trinken lässt, dann wird sie krank und …«

Rieke nickt und zieht das Mädchen auf ihren Schoß.

»Ja, das möchte man meinen. Aber die Angst bei deinem Vater ist wohl so groß, dass er deiner Mutter gar nicht richtig nah sein kann, er schafft es einfach nicht. Sie aber würde es gerne, sie braucht es, dass er da ist und ihr sagt, was sie tun soll. Das hält er nicht aus. Seine Angst ist so groß, dass er es nicht aushält.«

Sie schaut in Gydes schmales, hübsches Gesicht mit den hellen Augen und den fein geschwungenen Lippen und hebt hilflos ihre Arme.

»Ich wusste, dass es schwer sein würde, es zu verstehen.«

»Nein«, sagt Gyde und schiebt sich von Riekes Knien

herunter. »Ich kann das. Ich verstehe das. Denn ich bin ja beide, mein Vater und meine Mutter.«

Der Mond ist noch nicht ganz voll, die Nacht lau und der Himmel nur leicht bewölkt.

Gyde hat feste Schuhe angezogen und ihre Jeansjacke übergestreift. Sie rennt hinters Haus in den Garten und klappt das Floß von der Wand ins Gras hinunter. In den letzten beiden Tagen hat sie noch einige Bretter und Rundhölzer dazugebunden, bis sie fand, dass es fertig aussah.

Sie greift nach dem überhängenden Tau, legt es sich über die Schulter und zieht das Floß hinter sich her, aus dem Garten heraus über den Deich, die geteerten Steine hinunter bis auf den feuchten Sand. Dort streift sie ihre Schuhe ab und stellt sie fein säuberlich an die untere Steinkante. Dann läuft sie zurück zum Floß, setzt sich mitten darauf und schaut zum Horizont.

Irgendwo da drüben ist David, denkt sie. Der auch keine Mutter mehr hat. Und der deshalb vielleicht genauso viel Angst davor hat, noch einmal jemanden zu verlieren, wie ihr Vater.

Gyde blinzelt in die seichten, leicht glitzernden Wellen. Vielleicht noch eine Stunde. Dann würde das Meer bei ihrem Floß sein.

Und dann könnte sie sich hinübertreiben lassen. Nach Norwegen. Sie würde David erzählen, dass die Mutter ihres Vaters auch gestorben sei, ganz genauso wie seine. Vielleicht würde sie ihm sogar sagen, dass sie ihn gern hatte, lieber als Anna, Wencke oder Jochen.

Die ersten aufflutenden Wellen erreichen das Floß. Gyde beugt sich nach vorn und hält ihre Hände ins Wasser. Es ist ganz warm.

Mit dem Wasser treiben in dieser Nacht unzählige Quallen heran. Viel zu viele, um sie zurückzutreiben.

Sie kommen, um zu sterben, denkt Gyde. Ohne es zu wissen. Das Meer entscheidet, nicht die Quallen. Die leben einfach, ohne Angst vor etwas zu haben. Nicht einmal vor dem Tod.

Papa, flüstert Gyde. Sie richtet sich wieder auf und schaut bis zum Horizont. Vielleicht treffe ich dich da draußen. Dann werde ich dir sagen, dass ich dich lieb hab. Und dann kannst du dich neu entscheiden.

Das Floß hat mittlerweile angefangen, sanft hin und her zu schaukeln. Gleich ist es so weit, denkt Gyde. Sie krempelt die Hosenbeine bis hoch über die Knie, steigt ins Wasser und schiebt das Floß langsam aufs Meer hinaus.

»Wo willst du denn hin?«, fragt eine Stimme hinter ihr.

Gyde wendet ihren Kopf und sieht zuerst das Fahrrad, das oben auf dem Weg abgestellt ist. Und dann den Mann, der hinter ihr im Wasser steht.

»Und Sie?«, fragt Gyde. »Wollen Sie jetzt etwa noch schwimmen?«

Er lächelt, zieht die Hände aus den Hosentaschen und zuckt mit den Schultern.

»Eigentlich nicht. Aber ich fahre oft abends einfach nur so am Strand entlang.«

»Machen Sie Urlaub?«

»Nein, ich wohne oben an der dänischen Grenze.«

»Und was tun Sie hier?«

Er zeigt auf das Floß.

»Darf ich mich einen Moment zu dir setzen?«

Gyde nickt, und er klettert vorsichtig auf das Floß.

»Komm.«

Sie fasst zögernd seine Hand, die er ihr entgegenstreckt. Sie fühlt sich warm und angenehm weich an. Er zieht sie hinauf, und sie hockt sich neben ihn auf die Knie.

»Waren Sie schon mal in Norwegen?«

Er streicht sich die langen blonden Haare aus der Stirn.

»Ja, da auch ... Ich bin schon in vielen Ländern gewesen.«

Ein bisschen sieht er aus wie ein Prinz, denkt Gyde. Aber die gibt es in Deutschland ja nicht mehr. Schon gar nicht am Strand. Und außerdem wollte sie dieses kindische Spiel sowieso nicht mehr spielen.

»Geboren bin ich in Dänemark.«

»Toll«, sagt Gyde. »Ich möchte gerne mal nach Norwegen.«

»Aber doch nicht mit diesem Floß?«

Er lacht und schaukelt ein wenig hin und her, sodass das Floß ins Schwanken gerät. Gyde schaut zum Strand zurück. Der Deich sieht aus wie eine dünne Bleistiftlinie. Dass sie schon so weit getrieben sind, hat sie gar nicht gemerkt.

»Bald ist Ebbe«, sagt sie.

»Ja, wir müssen zurück.« Er grinst. »Mit diesem Ding hier kommst du jedenfalls nicht nach Norwegen.«

Er steckt die blonden Haare in den Rollkragen seines Pullovers, krempelt die Hosenbeine noch ein Stück weiter nach oben und gleitet vorsichtig vom Floß ins Wasser hinunter. Es reicht ihm bis zum Bauch.

Gyde kichert.

»Da hätten Sie die Hose auch gleich unten lassen können.«

Er nickt und greift nach der Schnur. »Erst einmal ziehe ich dich zum Leuchtturm hinüber. Von dort aus kommen wir später viel leichter wieder zum Deich zurück.«

Epilog

»Ich komme nie wieder hierhin.« Anna schluckt, aber das stramme Gefühl in ihrem Hals geht nicht weg. »Nächstes Jahr will ich woandershin.«

Sie sitzen eng nebeneinander auf der Deichkrone, und Jochen starrt unentwegt auf den Strand hinunter.

»Ich bin froh, dass wir sie nicht gesehen haben.« Er schüttelt immer wieder den Kopf. »Stell dir mal vor, wenn wir sie ... Sie ist vor ein paar Tagen ja schon, als Birte und ich ...« Seine Augen fangen an zu brennen. »Da ist sie ja schon fast tot gewesen«, sagt er leise.

Anna springt auf.

»Und ich habe immer nur Angst gehabt, dass er *mich* ...« Tränen schießen in ihre Augen. »Ich hätte nie gedacht, dass er gerade sie erwischt.« Sie sieht auf ihren Bruder hinunter. »Warum sind manche Männer so?«, fragt sie leise.

Der Strand ist menschenleer. Nachdem die Polizei und später auch ein paar Journalisten da gewesen sind, alles ausgemessen und fotografiert haben und Gyde in ihrem aufgeblähten Anorak in den Zinksarg gelegt und abtransportiert worden ist, mag niemand mehr hier sein.

Anna schaut zum Strand hinunter. Die Flut läuft an diesem Tag zum zweiten Mal auf und bringt wie immer alles mit sich, was das Meer nicht mehr haben möchte.

Das Floß und die restlichen Sachen, die Gyde in der Nacht noch getragen hatte, sind auch dabei.

Darf man einen Skinhead lieben?

Skins haben Majos beste Freundin vor der Disco brutal zusammengeschlagen. Während Sahar im Krankenhaus liegt, findet Majo auf dem Parkplatz einen Ausweis. Er gehört Falko. Falko, der schüchterne, zurückhaltende Junge, den sie von früher kennt. Der immer alles einstecken musste. Und der jetzt selber Prügel austeilt. Ohne zu wissen, warum, ruft Majo ihn an ...

Patricia Schröder
Scheiß Glatze, ich lieb dich
Band 80417

generation

fi 80417 / 1